私、死体と結婚します

桜井美奈

ハルキ文庫

角川春樹事務所

目次

一日目　金曜日

真っ白な雪に反射した日の光が、夜勤明けの真野《まの》七海《ななみ》の目に痛みを感じさせた。日中に太陽が見えないのも寂《さび》しいが、真冬の晴天も辛《つら》い。特に朝は地面が凍《こお》っているため、七海は目を細めつつ慎重《しんちょう》に歩みを進めた。

こんなときは歩幅を狭めて、真上から足を置くようにすると滑《すべ》りにくい。子どものころは、少しくらい滑っても平気だったのに、二十代半《なか》ばも過ぎると、とっさのアクシデントに、対応が難しくなってくる。とはいえ、職場でそうこぼしたら、先輩から氷よりも冷たい視線を向けられた。

「寒いなあ」

七海はダウンコートを着て、マフラーと手袋をはめている。足は内側がボアのブーツを履いて、防寒対策はしっかりしてきたつもりだった。だが、二月の札幌《さっぽろ》の寒さを少し舐《な》めていたのかもしれない。

五年前よりも寒くなったのだろうか。

一瞬浮かんだ疑問は、すぐにそんなことはない、と打ち消した。東京に五年間いたせいで、冬の寒さにすっかり弱くなったに違いない。まだ地元に戻ってきて三日だ。これから慣れていくだろう。

昨夜……というほど時間は経《た》っていないが、急患も急変もゼロという、病院職員にとってはありがたい、そして静かな夜だった。ただ、毎日こうだといいんだけど、と言った主任看護師の心の底からのつぶやきが、ナースセンターに響いたのが悲しくはあった。

病院から駅に向かって歩いていると、ショーウインドウに飾《かざ》られた真っ白なドレスが目に入る。その前で七海は足を止めた。

キラキラとした太陽の光が、ドレスの白さを際立《きわだ》たせている。ありふれた街の風景の中で、そこだけ非日常の時間が流れていた。

ドレスの胸元にはレースとストーンがあしらわれ、足元を隠すスカートは大きく膨《ふく》らんでいる。シフォンが幾重《いくえ》にも重ねられ、花をモチーフとした装飾《そうしょく》がちりばめられていた。

隣に立つ男性のマネキンは、シルバーのタキシードを着ている。ジャケット丈が長いタイプのものだ。黒で縁取《ふちど》りをされた衿《えり》と中のベストは同色で、ネクタイは細かい格子柄《こうしがら》だ。

『俺《おれ》には似合わない』

そんな声が、七海の隣から聞こえてくるような気がした。

確かに、タキシードを着ているマネキンは八頭身どころか九頭身で、現実にはパリコレモデルくらいしか存在しないスタイルをしている。

でも、と七海は思う。

「そんなこともないと思うけど」

本人が否定するほど悪くない気がする。七海はマネキンの顔に、婚約者の高辻真悟《たかつじしんご》の顔をはめてみた。三十三歳という年齢より若く見えるし、身長は男性の平均くらいあるから、ややクセのある髪を整えたら、むしろ似合うと思う。ただ、照れくさそうにする姿も想像できる。少しばかり吊《つ》り上がった目を細くして、顔を赤くしている姿は、声とともに七海の頭の中に自然と浮かんだ。

七海はもう一度ドレスの方を見る。今度はそこに自分の顔を当てはめてみた。

背は高くもなく低くもなく。太ってはいないが、タレントのような体型でもない。顔立ちも、二十七年の人生で、特別褒《ほ》められた記憶《きおく》はない。つまり普通だ。そんな自分が、こんな華やかなドレスを着てもいいのかと思ってしまう。

こういうドレスはきっと、顔が小さくて、手足の長い人が似合うはずだ。自分のような、どこにでもいる平凡な人間が着たらきっと笑われる。

『そんなことないよ。絶対に似合うよ！』

恐らく真悟はそう言うだろう。真悟はいつだって、七海に自信を持たせてくれる。それが、恋人の欲目だとわかっていても、勇気づけられる。

だから、明後日《あさって》のウエディングフォトの撮影でも、七海が一人だったら選ばないような、デコルテを見せるデザインのドレスを予約した。もう少し露出の少ない形にすれば良かったと思いつつも、真悟と一緒に仕上がった写真を見れば、満たされた気持ちになれるだろう。結婚生活が始まることに不安がないわけではないが、今は楽しみのほうが上回っていた。

「七海ちゃん！」

声のほうを向くと、駅から女性が、おはよー、と手を振りながら七海に向かって来ていた。遠目でも、背中まで届くストレートの黒髪がひときわ目立っているため、誰《だれ》なのかすぐにわかった。

高辻花帆《かほ》、七海の一つ年上の女性で真悟の妹だ。花帆はキャメル色のロングコートを着ている。手袋はしているが、他に防寒着は付けていない。モコモコに着膨れした七海に比べると、全身すっきりとした装《よそお》いで、しかもスカートまで穿《は》いていた。

寒そうだと思いつつ、七海は「おはようございます」と言った。

「七海ちゃん、これから仕事？」

「いえ、今、あがったところです」

「じゃあ寝てないんだ。というか、大変だったよね。本当は、もう少しあとから仕事を始める予定だったんでしょ？」

花帆の言う通り、本来の入職日は来週の予定だった。が、欠員が出てどうにもならないと看護師長に泣きつかれ、まだ引っ越しの荷物も片づかない中、出勤した。しかも、いきなり夜勤を振られたのだから、この先本当に勤《つと》めていけるか若干《じゃっかん》不安を覚えている。

福利厚生や人間関係、さらに自身のキャリアも含めて、前の職場は良かったと思うが、悔やんでも過去のことだ。

「花帆さんはこれからお仕事ですか？」

「うん。今日も忙しくなるかなあ……」

花帆はホテルのフロントスタッフとして働いている。職種は違えど、七海と同じく日勤、夜勤のシフト制で、今日は日勤らしい。ホテルはここからそれほど離れていない場所にある。

七海たちの近くを、出勤に急いでいる人たちが、足早に通り過ぎていく。雪が踏《ふ》み固められて滑りやすいが、金曜日とあってスーツ姿の男性の足取りも、心なしか軽やかに見えた。

「ね、今日だよね？」

花帆が目を輝かせていた。

何が？　と聞く必要はない。共通の話題は一つしかないからだ。

「はい。一度家に帰ってから、一緒に行く予定です」

「そっかー。じゃあ、眠いなんて言っていられないんだ。でも体調がきつかったら、お兄ちゃん、一人で行かせればいいいんだよ」

「大丈夫ですよ」

七海が静かな夜だったことを伝えると、花帆が笑顔になった。

「それは何より。でも無理しないでね。家事だってお兄ちゃんに、やらせないとだよ？最初が肝心《かんじん》なんだから。むしろ、七海ちゃんのほうが少し少ないくらいにしとけばいいんだよ」

兄が妹の言葉を聞いたらどう思うだろうか。仲の良い兄妹《きょうだい》だから、きっと苦笑するだけだと思うが、その場にいたら、聞いている七海のほうがヒヤヒヤするだろう。でも、花帆のあけすけな言葉遣いは、身内に対してだけだということを知っている。一緒に行ったレストランの店員への対応や、電車に乗ったとき高齢者に席を譲《ゆず》る振る舞いなど、礼儀正しい姿を見ていたからだ。

性格的には、あまり似ていないように思う兄妹だが、ふとしたときの表情はそっくりだ。特に、笑ったときの目元はよく似ていた。

「花帆さん、時間大丈夫ですか？」

七海が訊《たず》ねると、花帆がハッとした様子で目を見開く。そこからは二倍速かと思う素早い動作で、職場の方へと駆け出すが、十メートルほど進んだところで振り返った。

「忘れてた。七海ちゃん、おめでとう」

花帆は朝の太陽よりも眩《まぶ》しい笑顔を、七海に向けてくる。だから七海も負けじと大声で応《こた》えた。

「ありがとう」

その声は、冷たい風に乗って、花帆の方へと流れていった。

最寄り駅から徒歩十二分。築四十三年の戸建ての木造住宅に、七海は三日前引っ越してきた。もともと真悟の住居兼会社でもある家で、結婚生活がスタートする。ただ、会社と言っても他に従業員はいない。真悟が一人で営《いとな》んでいるから、人の出入りはそれほどないし、会社で使っているのは一階の二部屋だけで、二階も含めてその他の四室は住居スペースになっている。二人暮らしなら十分な広さがあった。

建物の古さは否《いな》めないが、生活するうえで不便ではない。ただ、古いせいで断熱性があまり良くないため、暖房器具がフル稼働しても、なかなか温まらない。七海は引っ越した翌日に、防寒インナーを三枚ほど買い足《た》した。

玄関ドアのカギを開ける。

「ただいまー」

七海は玄関で声をあげたが、中から返事はなかった。すでに午前九時を過ぎている。出かけているのだろうかと思ったが、よく履いている靴《くつ》が玄関にあった。

「帰ったよー」

もう一度呼びかけてみるが、やはり返事はない。玄関の奥もしん、としていて人の気配を感じなかった。

靴を脱《ぬ》いで急いで中に入ると、七海は真っ先に真悟の仕事場へ向かった。ドアの前で耳を澄《す》ませる。話し声はしない。電話中ではなさそうだ。

ノックをしても返事はなく、そっとドアを開ける。中には誰もいなかった。そればかりか、室内はひんやりとしていて、朝から一度も暖房をつけた様子はなさそうだった。

真悟は朝、風呂に入る習慣はない。トイレにでもいるのだろうか？

そう思ったが、トイレは玄関から仕事場の間にある。トイレに入る際、スリッパを替えるが、廊下には室内で履いているスリッパはなかった。

七海は台所へ行った。

だが台所にも姿はなく、シンクは乾いている。少なくとも数時間は使っていないようだった。

「急用でもできたのかな……」

そのとき、玄関のほうから物音がした。

もしかして、出かけていた？

七海は慌てて玄関へ戻った。だがそこにいたのは、真悟ではなく真悟の友人の、曽山光《かつやまこう》輝《き》だった。

真悟と同い年で、市内の会社に勤めていることもあり、七海も何度か会っている。幼いころからの友人、と真悟は語っていて、今みたいに普段から気軽に来るらしい。グレーのチェスターコートにチェックのマフラーを巻いている光輝は、モノトーン配色にもかかわらず、華やいだ空気をまとっていた。

「ごめん、チャイムも鳴らさずに入って。ドアにこれが挟まって開いていたから、どうしたのかと思ってさ」

これ、と言った光輝の手には傘《かさ》があった。どうやら、七海が慌てて倒してしまったらしい。

光輝は傘を玄関の隅《すみ》に立てかけると「どうかした？」と言った。

「あの……私が夜勤から帰ってきたら、真悟が仕事場にいなくて」

七海は一階をすべて見たが、真悟がいなかったことを伝えた。

「寝坊じゃない？　二人で驚かそうか」

悪い笑みを浮かべる光輝に、七海は「しませんよ」と断った。

寝室にしている部屋は二階にある。七海の勤務時間が不規則なため、各々個室を用意した。不便さを感じたら、その都度《つど》話し合うことにしている。

階段を上っていると、後《うし》ろにいる光輝がまだ眠気が冷めない様子で、小さくあくびをした。

「寒いと布団《ふとん》から出たくないし、目覚《めざ》ましが聞こえないくらい深く寝てしまうってことはあるから」

「確かに……冬は布団から出るのに一大決心が必要です」

特にこの家に住むようになってから、七海はそれを実感している。朝晩の底冷えはすさまじい。立地に不満はないものの、それだけはどうにかならないものかと思っている。きっと真悟も、布団から出られないのだと思って、七海は言葉にできない不安を鎮《しず》めようとしていた。

階段を上がって、一番奥にあるのが真悟の部屋だ。

ドアをノックする。

「起きてる？」

少し待ってみるが、返事はなかった。

今度は強めにノックをしたが、それでも物音一つしない。七海の中で不安が広がる。何となく、寝ているようには思えなかった。

「倒れているのかも……！」

七海がドアを開けると、ベッドの上で布団をかけずに寝ている真悟がいた。それが、ただ寝ているわけではないことは、職業柄か七海にはすぐにわかった。

「真悟！」

光輝が部屋の入り口で立ちつくしている。光輝もこの異常さを感じたらしい。

「どうし……」

光輝がハッとした様子で、突然窓を全開にする。肌を刺すような風が吹き込んできた。

七海にも光輝がとった行動の意味がわかった。真悟の肌はサーモンピンク色をしている。

これが何を意味しているのか気づいたのだろう。

「よく、一酸化炭素中毒ってわかりましたね」

一酸化炭素に臭《にお》いはない。臭いがないからこそ、気づけずに吸い込んでしまう。もっとも、七海たちが部屋に入った時点で、室内がどのくらいの濃度だったのかはわからない。

原因と思われるものは石油ファンヒーターのみ。それも今は止まっている。部屋の気密性も良くないため、ドアの隙間《すきま》や窓からも、空気は入れ替わっていたはずだ。

「冬になると、そういうニュースを耳にするから。それより……」

死んでいるの？　最後まで言わなかったが、光輝はそう、聞きたかったのかもしれない。見ただけでも、尋常《じんじょう》でないことはわかる。だが、より正確に確かめるために、七海は真悟に触れた。

身体《からだ》はすでに冷たくなり、死後硬直も始まっていた。

医師でない七海には、死亡診断を行うことはできないが、それでもこの状態から蘇生《そせい》しないことはわかる。

七海は首を横に振った。

光輝が言葉なく俯《うつむ》く。外気が吹き込む室内は、凍《こご》えるほど冷えているが、少しも寒さを感じなかった。

人の死に慣れたつもりはなかったが、病院で働いていれば、非日常というほど珍《めずら》しいことではない。

ただ、身近な人のあまりにも突然の死に、七海は取り乱すこともできない。頭の中に激しい風が吹き荒れていて、何かを考えようとしても、すぐに吹き飛ばされてしまう。

どうしよう、どうしよう、どうすればいいんだろう……考えようとしても、上手《うま》くまとまらなかった。

光輝がベッドの脇《わき》にある暖房器具を指さした。

「パジャマを着ているってことは、風呂に入ったあと、ベッドの上でスマホでもいじっているうちに寝てしまったのかな……で……」

古めかしいヒーターはもう冷えていた。エアコンもあるが、真冬は部屋が温まらないため、併用していたのだろう。

光輝がそう、冷静に死因を語っているが、その言葉は七海をすり抜けていく。

何度か真悟の部屋には入っているが、ヒーターに意識を向けたことはなかった。

引っ越しの際に七海が新しくベッドを買いなおして広くしたため、二人で夜を過ごしたときは、真悟が七海の部屋に来ていたせいだ。それも昨夜は七海が夜勤で不在だったため、二日しか一緒にいない。

「こういう場合は、警察を呼べばいいのかな？　それとも救急車？」

誰がどう見ても死亡している状態——白骨化やバラバラであれば違うが、真悟のケースでは救急車を呼ぶべきだろう。

七海が救急車と言うと、光輝がスマホを手にした。が、寒いのか、友人の突然の死に戸《と》惑《まど》っているのか、スマホの上で光輝の指が震えて、なかなか番号を押せずにいる。

そのとき、キンコーン……と、光輝の手の中でメッセージアプリの受信を告《つ》げる音が鳴った。

非現実感が漂う部屋の中で、あまりにも日常に溢《あふ》れる音を聞いて、七海の中でそれまでズレていた何かがカチッとはまった。

「――待ってください」

光輝の顔に疑問が浮かぶ。

こうすることが正しいのかわからない。いや、ほとんどの人がおかしいと言うことくらい、七海だって知っている。

ただ、間違っていてもいい。ほんの少しの時間だけでも、願いを叶《かな》えさせてもらいたかった。

「救急車を呼ばないでください」

「え？　あ、じゃあ警察？」

「いいえ、どちらも必要ありません」

光輝は七海が何を言おうとしているのか、見当がつかないらしい。薄く口を開けたまま、何度も目を瞬《しばた》かせていた。

「このまま、結婚生活を始めます」

「……は？　え？」

「結婚します。彼と」

「予定通り、これから婚姻《こんいん》届を提出しに行きます」

七海はベッドの上に視線を向けた。

あっけにとられた様子の光輝は、しばらく口を開けたまま何も言わなかった。

七海が言ったことが理解できないらしい。

だが婚姻届は昨日《きのう》、記入した。保証人の一人としてサインしたから、光輝はそれを知っている。もう一人の保証人は花帆だった。

「なっ……そんなこと、許されるわけない！　絶対ダメだ」

「わかっています」

「あとで、必ずバレる」

「そうですね。処罰《しょばつ》されると思います。でもいいんです」

真悟の死亡推定時刻から、死後に婚姻届を出したことは、あとでわかるだろう。

「そんなに長い時間一緒にいるわけではありません。三……いえ、四日でいいです。私たち、ずっと遠距離だったので、一緒にいた時間があまりなかったから……」

幸い夏場と違い気温は低い。すぐに遺体が腐敗することはないはずだ。

「それは、知ってるけど……だからって無茶だよ」

「責任はすべて私がとります。光輝さんは見なかったことにしてください。もちろん、光輝さんがこの場にいたことは絶対にしゃべりません。遺体を動かさなければ、警察も誰がこの場にいたのかまでは調べないと思いますから」

「いや、警察は少しでも怪しいと思ったら、きっと捜査するよ。防犯カメラでもドライブレコーダーでも、ちょっと調べれば、俺がここにいたことはバレてしまう」

「確かに……そうですね」

七海には警察がどう動くかなんて想像できない。だから、光輝が言っていることを否定できなかった。

光輝を巻き込みたくない。それは確かだ。ただ、自分の願いも叶えたかった。

「光輝さんは、過去にこの部屋に入ったことはありますか？」

「……あるけど？」

「だったら、私が来てからは家には来たけど彼の部屋には入っていない、死体は見ていないってことにしてください。会いに来たけど、会えなかったと言えば、それ以上はわからないはずです」

「それは、そうかもしれないけど……その場合、七海さんも嘘《うそ》をつくことになる」

「もちろん嘘をつきます。光輝さんは家に来たけど、私が彼に会わせなかったと言います。罰はすべて私が受けます」

懇願《こんがん》する七海に、光輝は唖然《あぜん》としている。

七海だって、自分の言っていることがおかしいことくらいわかっている。同じことを友人がすると言ったら、全力で止めるだろう。

だけど、七海は自分がおかしいとわかっていても、そうしたかった。真悟と一緒にいるために、キャリアも人間関係も順調にいっていた病院を辞めて引っ越した。そして一度は離れた故郷に戻ってきたのも、すべて真悟と一緒に生活するためだ。

金曜日の今日から四日間ほど、七海は仕事が休みだ。本来、来週の火曜日が入職日だったから、ここだけはどうしても休ませて欲しいと頼んである。

だから、今からようやく新婚生活がスタートする予定だった。真悟との生活が始まると思っていた。

少しだけでいいから二人の時間が欲しい。真悟のことを知りたい、そんな風に思っていた。

「お願いします！　今、彼が亡くなったことがわかったら、私はこの家で一緒に過ごすことがほとんどないまま、出て行かなければなりません。結婚していない私には、お葬式《そうしき》を出すことさえできないんです。今のままだと、婚約者だった人、という立場で終わるんです。私は、彼と家族になりたかった。だからここへ来たんです。もう少し一緒にいて、彼のことを知りたいんです！」

七海は窓を閉めた。少し前まで晴れていた空が、徐々に暗くなり始めている。また、雪が降りそうだ。さっきまで、暖かな日が来るのが待ち遠しかったが、今はこの寒さが、ありがたいと感じていた。

七海から顔をそむけるようにして、光輝が俯く。はあ……と、大きなため息をついた。

「くどいようだけど、俺は反対だよ」

「わかっています」

「そして、巻き込まれたくない、というのも本音だから」

「はい。光輝さんには迷惑をかけないようにします」

頭を抱えた光輝の口から、もう一度大きなため息が聞こえた。

「いつまで？」

「月曜日には、通報するつもりです」

「約束できる？」

「はい」

「じゃあ、火曜の朝になってもこのままだったら、俺が真悟の遺体を見つけたことにして、通報する」

光輝が顔を上げる。交《まじ》わる視線の奥に、七海の真意をうかがうような色が見えた。光輝にしてみれば、不安なのだろう。黙っていることで、犯罪の片棒を担《かつ》ぐことになるから。だけど七海は、本当に光輝のことは巻き込むつもりはなかった。もちろん、少なからず迷惑はかけてしまうかもしれないが、罰せられることがないように動くつもりだ。

「必ず、月曜日には終わりにします」

七海の覚悟を感じ取ったのか、光輝の口から今度は、ふぅー……と、細く長いため息がこぼれた。

しばらく光輝は黙っていた。葛藤《かっとう》しているのか、また頭を抱えた。

七海は窓の外を見る。チラチラと雪が降り始めていた。雪は風に乗って空を白く染めている。

積もるだろうか。

七海は昔から、冬の寒さも雪も大嫌いだった。看護学校を卒業し、しばらくは道内の病院に勤めていたが、逃げるようにこの地を離れ、東京に行った。

でも今は、雪を見ると少し安心する。雪は音も気配も、覆《おお》い隠してくれるから。この秘密の時間を守ってくれるように感じるから。

今だけ。ほんの少しだけ、この時間が続けられるように、この寒さが続いてくれることを祈る。そうすれば、真悟と一緒にいられる。

雪の降り方が強くなったとき、光輝は震える声で「わかった」と言った。


光輝が帰ってすぐに、七海も家を出た。宣言《せんげん》通り、婚姻届を提出するために役所に向かった。

役所はそれほど混んでいなかった。番号札を取って、呼ばれるのを待つ。戸籍住民課では、七海の他に三十代くらいの男女が一緒に受付をしていた。

二人の後ろ姿を見ながら七海は、本当なら、自分も真悟と一緒に来るはずだったのに、とチクリと胸が痛んだ。

今受付をしている夫婦は、これからどのくらいの時間を一緒に過ごすのだろうか。互いに目を合わせ、笑い合う二人の表情が眩しく光っている。

三組に一組は別れるという時代に、どちらかが死ぬまで添《そ》い遂《と》げなくても、驚くことではない。だけど、結婚生活のスタートから夫が死んでいるケースは、七海以外にないだろう。

七海はソファの背もたれに身体を預けて目を閉じた。ずっと、神経を張り詰めていたが、庁内の暖かさに、凍えていた身体も心も、少しだけ解きほぐされていく。

しばらく、家では暖房を使えない。特に真悟の部屋を暖かくすることは絶対にできない。できるだけ一緒に過ごすとなると、七海は寒い部屋に居続けることになる。今夜から寒気のピークがくると、天気予報では繰り返し伝えていた。

夜勤明けに暖かな場所でぼんやりしていると、眠くなってくる。誰かの話し声を遠くで聞きながら、七海はありもしない空想をした。

ここに二人で来ていたら、真悟はきっと、今日は記念に外食をしようと言っただろう。真悟は七海よりも記念日にこだわっていた。互いの誕生日はもちろん、クリスマスやお正月、出会った日、付き合い始めた日など、まめに連絡してくれた。

遠距離恋愛で一緒にいられなくても、期日指定でプレゼントが届き、ビデオ通話で話をし、二人の時間を大切にしてくれた。

会いたいときに会えない寂しさはあっても、離れているから不安になる、といった感情はほとんど抱いたことはなかった。だからなおさら、結婚生活が楽しみだった。

カクン、と首が大きく揺れて、目を覚ます。ちょうど七海の番号が電光板に表示されていた。

窓口では最初に「おめでとうございます」と言われた。

婚姻届を一人で持ってくるのは目立つかと思ったが、役所の人は気にした様子もなく、淡々と手続きを始める。

真悟も七海も本籍地は札幌市だ。戸籍謄本《こせきとうほん》を添付《てんぷ》する必要もなく、本人確認をされるだけで、手続きは順調に進んだ。

対応してくれている役所の職員は、終始笑顔だった。婚姻届を提出している裏で、死体と一緒に生活を始めるなんてことは、考えるわけもない。

「おめでとうございます」

すべての手続きが終わると、窓口の女性は最初と同じく、七海に笑顔でそう言ってくれた。

「あの……新しい戸籍はいつごろできますか?」

職員の女性は、書類に目を通し、しばらく悩んだあと「お二人とも、こちらに本籍がありますし、今は混む時期ではありませんから……月曜にはできていると思います。ただ、書類に不備などが見つかったりする場合もありますので、場合によっては、一週間から二週間程度、お時間をいただくかもしれません」

七海は「ありがとうございます」と頭を下げてその場から離れる。名義変更などの手続きを終えてから、建物を後にした。

手早く買い物を済ませた七海は、急いで帰宅した。

「ただいま」

朝とは違う。返事がないことをわかっていながら、七海は家の中に向かって声をかけた。

人のいない家の空気は、ずっとその場にとどまっていて動きがない。七海の周りだけはその流れが乱れるものの、すぐに止まってしまう。東京のアパートで一人暮らしをしていたときは、そんな風には考えなかったが、広い家にいるせいか、今は見知らぬ場所で迷ったときのように心細かった。

七海は真っ先に真悟がいる部屋へ向かう。真悟は朝と同じ体勢で、ベッドの上に寝ていた。

真悟の手に触れて、ギュッと握りしめた。でも、真悟が握り返してくれることも、抱きしめてくれることもない。もちろん、笑いかけてくれることも、声を聞かせてくれることもなかった。

だけど真悟はここにいる。七海の目の前にいる。手を伸ばせば、いつでも触れられるところにいる。

眠ってなんかいられない。七海は準備を始めた。

役所からの帰りに、ドラッグストアで使い捨ての手袋やエプロンを購入してきた。病院のように専門的な道具は用意できないが、真悟には少しでも綺麗《きれい》な状態でいて欲しい。できることなら、遺体を長く保《たも》つために防腐や殺菌《さっきん》などを行う、エンバーミングという処置を施《ほどこ》したかった。だが、七海にはそれをする知識や技術がない。これからするのは、病院で亡くなった人に行う、エンゼルケアという処置だ。

まさか自分の知識を、こんな風に使うとは思ってもいなかった。

七海はベッドの脇に立った。

「今から身体を綺麗にするね」

病院で死亡した患者は、死後それほど時間が経たないうちに処置を行っている。だが遺体の状態からして、恐らく死亡してから十二時間は経過しているはずだ。今まで七海が病院で行ってきたマニュアルの通りには、できないだろう。

まずは口腔内《こうくうない》のケアから始める。うっすら唇《くちびる》を開けていたため、綿棒を口の中に入れた。

この唇から発せられた、最後に聞いた言葉は「じゃあ、あとで」だった。それは、「あとで一緒に婚姻届を出しに行こう」ということだ。

「婚姻届、出してきたよ。ケーキを買ってきたから、あとで一緒に食べようね」

買い物ついでに、コンビニで買ってきたものだ。外食はできなくても、お祝いの真似事《まねごと》はしたかった。

「それとワインも買ってきたよ。おツマミはコンビニで揃《そろ》えたから、気に入ったものがあるかわからないけど」

真悟がどの銘柄《めいがら》のワインが好きだったかは覚えていない。そもそも、コンビニでは取り扱っていなかった気がする。ツマミに関しては、あまりこだわりがなかったように思う。一緒に食べたものを思い出しても、ポテトやソーセージなどと、これといった傾向はなかった。記憶に残っていないのが寂しいと感じた。

口腔内のケアを終えると、七海はアロマテラピー用のエッセンシャルオイルを垂らした水に、タオルを浸した。部屋の中に柑橘《かんきつ》系の爽《さわ》やかな香りが広がる。

「今度は身体を拭《ふ》くね」

恐らく、入浴後からそれほど時間が経たないうちに息を引き取ったはずだ。清拭《せいしき》は必要ないかとも思ったが、別れの儀式の意味も込めて行うことにした。

「今夜テレビで、ジブリのアニメが放送されるって。真悟、好きだったでしょ。前に電話をしていた最中に映画が観《み》たいからって、切ったことがあったよね。あのとき、タイトル言わなかったからなんだろう？　って思って調べたんだ」

アニメは子どもっぽいと思われるとでも考えたのだろうか。

「言ってくれれば良かったのに」

デートでは、一緒に映画館へ行ったことはなかった。二時間スクリーンを見ている映画は、その間会話ができない。遠距離で会う機会が少なかったため、二人でいられるときは、話がしたいとお互いに思っていた。

だから、結婚したら一緒に映画を観ようね、と約束していた。

「ジブリの他、何が好きだったのか教えて」

交《か》わした言葉の端々《はしばし》から想像すると、洋画を観ていたように思う。が、話題作というわけではなかったため、タイトルは記憶していなかった。

「好きな俳優さんはいる？　監督《かんとく》は？」

どうして生きているときに、たくさん質問しなかったのだろう。あとでいい、と思ったことが間違いだった。七海は「夫」のことを驚くほど知らないことに愕然《がくぜん》としていた。

「何度も観た映画ってある？　これはお勧《すす》めって作品は何？」

身体の表側を終えると、裏側も拭いた。買ってきた紙おむつをつけて、薄手のシャツを着せる。髭《ひげ》も剃《そ》る。

本当はドライアイスが欲しかったが、大きなものはインターネットくらいしか売っているところを見つけられなかった。葬儀会社に問い合わせればあるかもしれないが、そんなことをしたら怪しまれるに決まっている。定期的に窓を開けて、気温が低い状態を保てば、激しく腐敗することはないだろう。

七海は真悟の額《ひたい》にかかっていた髪に触れる。

生きている人間でも、髪の毛は死んだ細胞だと聞いたことがある。今の真悟が死んでいるのは、髪だけではない。だけど、髪だけは生きているときと変わらないのかと思うと、愛《いと》しさが増した。

「これから楽しみにしていた作品はある？」

生きていれば、仮に眠っていても、何かしらの反応があるのに、真悟にはそれがない。問いかけはすべて一方通行だった。

すべての処置が終わり、道具を片づけると、時刻は午後二時を過ぎていた。

昨夜は少しではあるが、仮眠ができた。さすがに普段なら眠くなっているはずだが、今日は興奮状態が続いているのか、今のところ眠気はなかった。

「おやつにはちょっと早いけど、ケーキ食べちゃおうか。今準備するね。ワインは夜に飲もう」

七海は台所へ行き、二人分のコーヒーを淹《い》れて、皿の上にケーキを載せる。チョコレートケーキと、チーズケーキを買ってきた。イチゴのショートケーキも候補に入れたかったが、あいにく売り切れていた。

本当は洋菓子店に行って、ショーケースの前で悩みたかった。だが今は、家を長く空《あ》けたくない。それにコンビニのスイーツもかなり美味《おい》しい。

トレーに載せて、二階の真悟の部屋へ運んだ。

真悟の部屋には小さなテーブルがある。そこにトレーを置いて、七海はイスに腰《こし》を下ろした。

「ケーキどっちがいい？　スフレタイプのチーズケーキと、パリパリのチョコがコーティングされているケーキ。あ、どっちも食べたいとか言わないでね」

真悟は甘いモノは、だいたいなんでも食べる。それは七海も同じだ。

ただ七海は気分によって、選ぶほうが変わる。どちらも好きだが、今日の気分はチーズケーキだ。だからチーズケーキを二個買えば、真悟と取り合いにならないと思った。だけど真悟が好きなケーキがわからない。結婚した相手が、どんなケーキが好きかもわかっていなかった。

「結婚を決めるのが、早すぎたのかな……」

とはいえ、長く付き合ったところで、相手を知る時間はそれほど増えなかっただろう。どちらかが引っ越さなければ、時間だけが過ぎていったはずだ。そして、会社を経営していた真悟が居を移すのは、七海よりも難しかったことは確かだ。

――ピンポーン。

来客を告げる玄関のチャイムが鳴った。

「……誰だろ？」

引っ越しからバタバタしていて、まだ近所に挨拶《あいさつ》をしていない。それはこの週末に行う予定だった。

不安を覚えつつ、七海はインターホンに出た。

「白豹《しろひょう》運輸です。お荷物のお届けに参りました」

モニターに映る姿は、馴染《なじ》みのある制服を着た配達員だった。

七海は玄関ドアを開けた。

「ええと……、高辻七海様宛《あて》のお荷物でお間違いないでしょうか？」

「え、私？」

差出人を見ると、ネット通販で有名な店の名が書かれている。だが最近、購入した覚えはなかった。

「お名前、お間違いでしょうか？」

「いえ、私ですけど……」

送り付け詐欺《さぎ》だろうか？

そう思ったりもしたが、心当たりが一つだけあった七海は、結局その箱を受け取った。

段ボール箱の厚みはそれほどないものの、箱は横に長い。両手で抱えるサイズだが、大きさの割には軽かった。

「ハンコは不要ですので」

配達員は七海が荷物を受け取ると、「ありがとうございましたー」と、道路の方へ駆けていった。

七海はガムテープをはがして、蓋《ふた》を開けた。

中には横長の枕《まくら》が入っていた。

一昨日《おととい》の朝、七海は真悟に「二人で寝るなら、違う枕が欲しい」と言った。七海は一人用の枕を二つ並べればいいと思っていたが、真悟は二人で一緒に使える枕が欲しい、と譲《ゆず》らなかった。

「注文早すぎでしょ……」

きっと一昨日の午前中に注文したに違いない。七海宛にしたのは、七海の部屋に置いてということなのだろう。

「急いでも、……間に合わなかったね」

枕に顔をうずめて泣きたい気分だったが、汚したくなかった。七海は自分の部屋のベッドの上にその枕を置いた。

「そうだ、ケーキを食べるところだったんだ！」

部屋へ戻ると、コーヒーはすっかり冷めていた。温めなおす気にもならず、冷たいまま飲んだ。

ケーキは七海が二つとも食べた。口の中が甘くなって、冷めたコーヒーを二杯飲んで紛《まぎ》らわせた。

宅配便が来なくて、部屋の中に居続けていたなら、『真悟が生きている』設定の芝居を続けていられた気がする。だけど、一度舞台から降りてしまったら、もう続けることはできなくなった。

「結局、真悟はどっちのケーキを選ぶんだろう……」

今からでも彼を知ることはできないものだろうか。

七海は枕元に置いてあった、真悟のスマホに手を伸ばした。

スマホを見るのは、さすがに後ろめたい。真悟だって見られたくないだろう。ただ、真悟のことを知りたくて、こんな不自然な生活を始めたのだ。チャンスは今しかなかった。

「ごめんなさい」

そう謝ってからスマホの電源を入れるが、電池切れを起こしていて、すぐには立ち上がらない。充電用のコードにつなぐと、少しして画面が明るくなった。

スマホを使うには、解除キーを入れなければならない。四桁《けた》の数字だ。好きなケーキは知らなくても、これはわかる。真悟が「覚えるのが面倒だから、誕生日にしている」と言っていたからだ。

真悟の誕生日は十月十二日。つまり「１０１２」だ。

その数字を入力すると、操作画面になった。

真っ先に目に入ったのは壁紙の写真――自分の顔だった。

「……恥ずかしいよ」

七海が住んでいた、東京のアパートの室内で撮った写真だった。

「二か月前……」

真悟が最後に東京に来たときに婚約指輪を貰《もら》い、一緒に写真を撮った。左手の薬指に指輪をはめ、右手には崩《くず》れた雪の塊《かたまり》を持っている。

そのあと、お互いに仕事が忙しくて会えなかった。連絡はまめにしていたが、就職の面接でさえリモートで行われたため、七海は北海道には来ないまま、すべてのことが進んだ。

ブブ……と、手の中でスマホが震える。メッセージが一件届いた。

『元気？　結婚相手ってどんな人？　綺麗な人って言っていたよな。一度会わせてよ。あ、こういうのダメか。ゴメン、別に下心とかないから、ただ、真悟がどんな人と結婚したのか気になっているだけだから』

「――誰？」

『すのちん』という相手からだったが、聞いたことはない。もっとも、七海が知っている真悟の友人は光輝だけだ。光輝の名前はフルネームで登録されている。

七海はちょっと複雑な気分になった。

気分を害したわけではない。ただ実際に会ったときに、がっかりされるのも辛い。『すのちん』が七海を見て、違う……と思っても、そこに七海の責任はない。でも、がっかりされたら、少し落ち込む。

「どうしよう……」

真悟だったら、どう返信するか。

そもそも相手がどんな人か、真悟とどういう会話をしていたかがわからなければ、返しようがない。申し訳ないと思いつつ、真悟と『すのちん』のトーク履歴《りれき》を読むことにした。

『俺、結婚する！　昨日、オッケーもらった』

三か月前のトークだ。プロポーズをした翌日のことらしい。画面に出ているのはただの活字なのに、文字が躍《おど》っているように感じるのは、そのあとに浮かれたようなスタンプが連打されていたからだろう。

『すのちん』からもすぐさま、おめでとう！　のスタンプが送られている。メッセージも時間を置かずに来ていた。

『良かったな。前に付き合うって言ってた人？』

『そうだよ！　他の人なわけないだろ』

『ごめんごめん、どんな人？』

『綺麗な人だよ。それでいて、凄《すご》く優しい。話していて楽しいし、一緒にいて疲れない』

『うわー、ごちそう様。文字だけで暑いわ』

読んでいて恥ずかしい。ここまで褒められると、がっかりされることは間違いない。でも逆に、実際の七海を見ればこれは真悟ののろけだったのだと他人は思ってくれるかもしれない。トークはまだ続いていた。

『すのちん』は、頭を抱えるスタンプを送っていた。

『去年、堀《ほり》が結婚しただろ。あのとき一緒に卒業した仲間で未婚なのって俺くらい？』

『まだ、田坂《たさか》と、礎《いしずえ》さんも、結婚していなかったと思うよ。それと、箕面《みのお》は……』

『先月離婚したか。いや、離婚は辛いだろうが、一度でも結婚できたってことはうらやましいよ。俺なんて、今のところ未定の予定しかないんだから』

どうやら『すのちん』は、未婚のようだ。そして文面から、中学か高校のときの同級生らしいことがわかった。

履歴をさかのぼっていくと、『すのちん』と真悟は、頻繁《ひんぱん》にやり取りはしていない。ただ、何気ない話題のメッセージを送れて、突然話しかけても、違和感なく雑談ができる相手のようだ。

昔の友達で、今もたまに連絡する間柄。そして恐らく男子。

真悟がこの『すのちん』に気を許しているのは、文面から察せられるが、情報がこれだけでは、七海もどう返信すればいいのか悩んでしまう。下手《へた》にメッセージを送ったら、別人とバレてしまいそうだ。

着信の通知音とともに、またスマホが震えた。

『突然だけど、これからちょっと寄ってもいい？　出張でこっちに来たんだけど、時間ができてさ』

「こ、これから？」

驚きのあまり、思わず七海はスマホに向かって話していた。

続けざまにもう一通届く。

『仕事の邪魔《じゃま》をしないように、すぐに帰るから』

そうか。相手は真悟が自宅を会社にしていることを知っているから、平日の日中でも、在宅していると思っているのだ。

それでも、外出することはあるはずだ。

今、銀行に行っているから、と、真悟のふりをして返そうかと時間を確認すると、すでに午後三時を過ぎていた。

「郵便局……歯科医院……プリンターのインク切れで買い物に……場所によっては、近くにいるから会おうとなって、かえって困ることになるかもしれないし……」

病院勤めの経験しかない七海には、真悟の仕事のスタイルがよくわからない。何を言えば相手に怪しまれない適当な言い訳になるのか、すぐには思いつかなかった。

「とりあえず、今日は忙しいから、ってことにすればいいかな……。来客があるとか、そういう日だってあるだろうし」

七海がそう入力しようとしたとき、次のメッセージが届いた。

『実はもう、家の前にいるんだ』

メッセージを受信した直後、ピンポーン、と玄関チャイムが鳴った。

「嘘！」

ガタン！　と、家の中にイスの倒れた音が響く。

慌てた七海は、イスに躓《つまず》いて倒してしまった。

——誤魔化《ごまか》せない。

イスにぶつけた足の痛みをこらえながら、七海は覚悟を決めた。

玄関で一度大きく息を吸うと、七海は笑顔でドアを開ける。

真悟よりも若干小柄な男性がいた。

風がかなり強く、雪が吹き付けるように降っている。『すのちん』は傘を手にしていたが、それだけでは防ぎきれないらしく、濃紺色《のうこん》のコートがところどころ白くなっていた。

「突然失礼します。真悟の友人で、須野原《すのはら》と言います」

「あ……はい」

表面では冷静さを装いつつも、内心は慌てている。心臓がバクバクと音を立てていた。

「真悟、いますか?」

「あ、えっと……」

玄関には、革の履き込んだ男性物のショートブーツがある。もちろん真悟のものだ。

「申し訳ないですけど、呼んでもらえますか?」

「えっと……」

「結婚のお祝い、持ってきたので。これを渡したら失礼しますので。自分も仕事がありますし」

強引なようにも思えるが、本当にお祝いを渡すためだけに、出張の合間に来てくれたようだ。突然来たのも、相手に準備の負担をかけないようにしたため、とも考えられる。

だが、どんな心遣いをされるよりも、今来られたことが一番困った。

「あの……今、具合が悪くて……」

須野原の顔色がサッと変化する。

「入院しているんですか？」

「いえ……家で寝ています」

二階のベッドにいる。それは嘘ではない。だが会えるわけではない。

七海の足が震えた。絶対に家に上がられては困る。今、外部に知られたら、すべてが終わってしまう。

お願い、帰って！

そう七海が願っていると、須野原は、少し悩んだそぶりを見せつつ、「じゃあ」と、手にしていた紙袋を差し出した。

「すみません、奥さんから真悟に渡してもらえますか？　真悟が好きなヤツです」

恐縮した様子の須野原を見ていると、七海はひどく申し訳ない気持ちになった。

選んだプレゼントを真悟が見ることはない。そして須野原は、あとになって自分が来たときには、友人はすでに死んでいたことを知ってしまう。

七海はごめんなさい、と心の中で謝りながら、笑顔を作った。

「ありがとうございます。申し訳ありません、ご挨拶もろくにできずに」

「いえ、こっちが突然押し掛けちゃったので。真悟に暖かくして、ゆっくり休めって伝えておいてください。まあ、俺が言うより、奥さんがそばにいるだけでいいんでしょうけど」

須野原がまじまじと、七海を見ていた。

七海はこのとき、真悟と須野原の間で交わされた、メッセージを思い出した。

値踏みされているのだろうか……と、思っていると、須野原は小首を傾《かし》げた。

「奥さん、どうしてコートなんか着て……」

指摘をされて、七海は自分の姿に気づいた。

遺体を腐《くさ》らせないよう、真悟の部屋では暖房をつけていない。だが外は零下《れいか》だ。しかも断熱のよくない家の中はひどく寒い。だから七海は、家の中でもずっとコートを着込み、マフラーや手袋をはめたままにしていた。

「……家の中でコートを着ていたんですか？」

そうだ、と言ったら理由を訊ねられる。だが、そうではない理由……。

どうしよう、どうしよう。

頭の中で必死に言葉を探すも、余計なことを言ったら墓穴を掘りそうで、適当な言い訳が思いつかない。

暑いどころか寒いのに、七海の背中に汗が伝った。

突然、須野原が、ハッとした様子で顔を上げた。

「すみません、これから外出するところでしたか！」

七海が、え？　と思ったのは一瞬のこと。すぐにその言葉に乗っかった。

「そ、そうです。これから、解熱剤とか、食べ物とか、買ってこようかと思っていて……。彼、よく眠っていますし」

「そうだったんですね。あれ？　でもさっき、既読がついたような……」

須野原がコートのポケットからスマホを出して、確認している。

七海は、余計なことを言ってしまったことに気づいた。

ベッドで横になっているだけにしておけば良かったのだ。

再び窮地《きゅうち》に陥《おちい》った七海は、取り繕《つくろ》うしかなかった。

「もしかしたら、私が外出の準備をしている最中に、起きたのかもしれませんね」

「あ、そうか。じゃあ、今は起きているのか」

須野原は玄関から、二階の方を覗《のぞ》き込むように身を乗り出した。

――お願い。顔を見ていくとか言わないで。

「だったら、俺、帰りますね。真悟に付いていてやってください。寂しがりやのくせに意地っ張りなヤツだから、奥さんの前だと、たいしたことがないフリをして、やせ我慢《がまん》するかもしれませんし。って、こんなこと、俺が言うことじゃないですけど」

「いえ……そうなんですか？」

「ええ。高校時代、体育祭で足を怪我《けが》したのを隠して走ったんです。別に人生をかけた勝負でもないんだから、怪我したって言えばいいじゃないですか。でも真悟は、痛いのを隠して走ったんですよ」

「それで、どうなったんですか?」

それまで、大人の顔をしていた須野原が、十代の高校生のように、顔をくしゃくしゃにして笑った。

「最後まで走り切りましたよ。順位も落とさず」

「凄い……」

「ゴール直後に倒れて、担架《たんか》で運ばれましたけどね」

「え?」

「軽い肉離れをしていたみたいだったのが、悪化したって感じですかね。しばらく校内を歩くのも辛そうでしたけど、平気だってやせ我慢していました。でも俺ら……あ、そのとき一緒にいた仲間たちが何を言ってもきかないから、こそっと、手を貸すくらいしかできなかったんですよね」

こそっと、というところに、優しさが溢れている。そうしなければ、真悟はその優しさを受け入れなかったのだろう。彼の性格を知ったうえで手を差し伸べてくれる人たちに囲まれていたのだから、愛される存在だったことが伝わってきた。

「すみません、長話しちゃって。付いていてって言いながら、俺が邪魔しちゃいましたね」

お邪魔しました、と何度も頭を下げてから、須野原は降りしきる雪の中を帰っていった。

須野原の姿が見えなくなり、ドアを閉めた七海は、緊張状態から解放されて、玄関にしとりあえず乗り切った。もちろんこれで、何かが変わるわけではない。だが須野原は当分この家を訪れることはないだろう。ひとまずこれで安心だ。

もし次に似たようなことがあった場合は、今回の反省《はんせい》を生かすだけだ。

会ってはならない相手だったが、会えて良かった相手でもあった。

真悟の高校時代のことが聞けた。

わりと寂しがりや。

意地っ張り。

責任感が強い。

少なくとも、須野原には真悟はそういう人間だとうつっていた。困っているときは周囲に助けてくれる人がいた、ということも知れた。

七海が知っている真悟は、優しい人、だった。怒ることも腹を立てることもほとんどなかった。少なくとも七海の前で声を荒らげるようなことは一度もなかった。

ただ、それは会っている時間が短かったから、というのもあるかもしれない。一緒に暮らすようになったら、見たくない面を見ることもあるだろうと、覚悟はしていた。もちろんそれはお互いさまで、七海もマイナスのところを見せるだろうとも思っていた。

この結婚生活で、真悟の嫌な部分を見ることはあるのだろうか。

見たいような見たくないような、複雑な気分を抱きながら、七海は玄関のカギを閉めた。

午後四時を過ぎると、外はかなり暗くなっていた。

薄暗い中でベッドに横たわる真悟を見ると、眠っているようにしか思えない。電気を点《つ》けたら、「眩しいよ」と言って、今にも起きてくるような気がする。

「……ごめんね」

七海は真悟に向けてそう声をかけてから、電気を点けた。訊《き》いても答えてもらえないのなら調べるしかない。だから、真悟の部屋のクローゼットを開けた。

畳《たたみ》一枚分ほどのクローゼットの三分の一くらいは、コートやジャケットなどがかかっている。三段重ねの収納ケースには、セーターなどが仕舞われていた。そしてその奥に、蓋つきの収納箱がある。半透明のケースではないため、中に何が入っているのかはわからなかった。

「何だろう?」

使わなくなったものでも入れていたのだろうか。

それにしては、箱には埃《ほこり》が積もっていない。最近も使っていたようだ。

蓋を開けると、中には書類が綴《と》じてあるファイルが二冊と、新聞が十日分ほど。さらに、ハチミツが一瓶《ひとびん》入っていた。

とりあえず七海は新聞を広げた。

日付は今から五年前。そのうち同日のものが四紙ほどあった。残りの日付はバラバラだが、似たような時期のものだ。

同じ日付の新聞を見ると、どこも一面は、内閣改造の報道だった。地方欄は新聞によって記事の違いが大きいが、いくつかは同じことが報じられている。

新聞にざっと目を通した七海は、次にファイルを開いた。中にはA４用紙に数字が並んだものが何枚かと、外国語で書かれた文書が綴じられている。英語であることは、見知った単語で気づけたが、内容については、七海には理解できなかった。

「自分で訳すのは、気が遠くなりそう……」

看護師の国家試験に英語の問題はない。七海が英語に触れたのは看護学校の受験までだ。

「真悟は理解できたのかな」

仕事で海外へ行くことはあったと聞いているし、まったく話せないわけではないと思う。が、片言なのか、ネイティブレベルなのかはわからない。

真悟はあまり、仕事の話をしなかった。七海と会っているときくらい、仕事のことは忘れていたいと、いつも他愛のない話をしていた。

しばらく新聞を読んでいると、またもや玄関チャイムが鳴った。時間は午後七時。雪は相変わらず降り続き、街灯に照らされた氷の粒が風に舞っていた。

「……今度は誰だろう」

部屋の明かりを点けているため、家の中に人がいることはバレている。出るか出ないか。どちらのほうが無難かと悩んでいると、もう一度チャイムが鳴った。

七海は足音を忍ばせて階段を降り、モニターで来訪者の姿を確認する。それを見て、慌ててインターホンのスイッチをオンにした。

「ごめんなさい、すぐにカギを開けますね」

来ていたのは光輝だった。

ドアを開けると、光輝は頭にも肩にも雪を積もらせていた。

「傘、持っていなかったんですか？」

「風が強くて意味をなさなかったから、途中で諦《あきら》めた」

光輝の左手には、いびつに骨が折れている傘があった。

「何か御用ですか？」

こんな天気だ。道路だって凍結しているはずだ。無理に外出する日ではない。

光輝はドアの外で雪を落としてから、玄関の中に入った。

「婚姻届は？」

「予定通り、提出してきました」

「予定通り、ね」

「はい」

「予定って言うけど、それっておかしいよね。普通は〝新郎新婦が一緒にいる〟状態で、婚姻届を提出するけど、七海さんは新郎がいないのに、婚姻届を出した」

「今さら、その話ですか？」

ドアの向こうに誰かいて、この会話を聞かれたらまずい。光輝を家の中に招くしかなかった。

「リビングにしますか？　それとも──」

「真悟のところ」

光輝は一瞬の躊躇《ちゅうちょ》もなく答え、七海が階段へ向かうと、後ろをついてきた。

「考えを変えるつもりはありませんから」

七海は振り返らずに言った。

「俺が今、警察に通報したら、それまでじゃない？」

「警察に通報……しないようにすることも可能ですよ？」

七海は階段の一番上に立ち、振り返った。

真悟の死因は恐らく一酸化炭素中毒。七海が殺したわけではない。婚姻届を提出したことによって警察に捕まりはしても、殺人罪と比べればはるかに罪は軽い。

だがここで、光輝を階段から突き落とせば殺人……もしくは傷害致死《ちし》など、重罪になる可能性が高い。

でも、婚姻届を出した時点で、七海は覚悟を決めていた。関係のない光輝を巻き込みたくはないが、今さらどうにもできない。

七海がその場から動かずにいると、光輝は「わかったよ」と、降参するように、両手を上にあげた。

「私たちのことは放《ほう》っておいてください。それに何度もここへ来ると、あとで警察に疑われることになりますよ？」

「そこをごまかすのは、俺の役目じゃない。俺だって、突然友人を亡くしたんだ。簡単に割り切れないよ」

それを言われると、七海は言い返せなかった。怒らせて通報されても困る。

真悟の部屋のドアを開けた。

「……どうぞ」

「ありがと」

光輝が何をするつもりなのかわからない七海は、ドアの前に立ったまま、様子を探ることにした。

「部屋の中も寒いのか」

光輝は手袋をはめた手をこすり合わせながら、ヒーターのスイッチを押そうとした。

「ダメです」

「あ、そうか。これを点火させたら、ヤバいか」

「それもそうですが、この部屋は暖かくできないので」

七海がベッドの方を見ると、光輝も理解したらしい。

「なるほど。じゃあ、もし使うとなったら、別の部屋から持ってこないとだ」

「そうですね」

でも七海は、真悟がいる限り、暖房器具を使う気はない。そればかりか、他の部屋でも極力使用するつもりはなかった。一階で暖房器具を使用したら、暖気が上階へ行ってしまうからだ。

ヒーターを諦めた光輝は、コートを着たままベッドの横に立った。

「真悟、オマエの好きな酒を持ってきたぞ」

光輝は紙袋の中から、白ワインのボトルを出した。

これが真悟の好きなワイン、と七海は記憶に刻《きざ》む。

当たり前のように真悟の好きだったものを用意した光輝に、七海は悔しさを覚えた。

「七海さん。グラスが欲しいんだけど、持ってきてもらえる？　真悟と一緒に飲みたいから」

「何を考えているんですか？」

「親友の結婚祝いだよ。俺と真悟を二人きりにさせたくなければ、一緒に行ってもいいけど？」

「……今、ご用意します」

「急がなくていいよ。真悟と話しているから」

二人を部屋に残して、七海は台所へ行った。

光輝はいったい、何のために来たのだろうか。言葉通り、結婚のお祝いに来たとは思えない。

「私を見張るため？」

七海が何のためにこんなことをしているのか、疑われているのは間違いない。あとは、真悟の状態をチェックする……といっても、光輝は医療系《いりよう》や葬儀関係の仕事ではない。外見的な損傷しか、見ることはできないだろう。

七海は疑問を抱きながら、ワイングラスと買ってきたツマミを用意して、真悟のいる部屋へ戻った。

光輝はベッドの脇にイスを近づけ、真悟の顔を見つめていた。

「生きているときと顔が違う感じがする」

「筋肉が弛緩《しかん》して、重力によって顔の凹凸《おうとつ》がなくなるので、表情が薄く見えるんです」

「なるほど……」

寂しさをにじませたような声だった。

「ところで、探し物でもしていた？」

「え？　ああ……」

光輝が来たことで手を止めたが、クローゼットにあった箱の中の確認途中だった。蓋が開いたまま、新聞も出しっぱなしだ。

「金目の物でもあった？　金とかダイヤとか株券とか」

「この家に、あるんですか？」

「さあ？　まあ、そういったものを探すために、こんなことをしているのかと思って」

初めて光輝と会ったときは、真悟と一緒だった。そのときはこんなに攻撃的な感じではなかった。ただ友人として、いや友人だからこそ、七海の行動に疑問を感じるのは当然だ。

光輝について、真悟から聞いていることは、子どものころからの友達だということ。親同士が一緒に会社を始めたということ。そして一時期、仲たがいをして、会わないことがあったことくらいだ。

婚姻届の保証人の欄に名前を書いてもらったのは昨日。そのときは祝ってもらった。七海から見て、二人の関係はごく普通の友人同士に見えた。

「お二人の出会いは？」

「突然、何？」

振り返った光輝の目が丸くなっている。素で驚いているようだった。

七海がワイングラスを載せたトレーをテーブルの上に置き、栓《せん》抜きを光輝に渡すと、「ありがとう」と、礼を言われた。

「七海さんも飲む？」

「いえ……あ、やっぱり一口だけ」

「遠慮《えんりょ》しなくていいよ」

「彼が好きなワインの味を覚えておきたいだけですから」

なるほど、とうなずいた光輝は、七海の希望通り、グラスの底に少しだけワインを注《そそ》ぐ。淡いレモンイエロー色の液体が、グラスの中で揺れた。

グラスを合わせることなく、七海は飲んだ。

「そっか……」

こういう味だったんだ、と思った。あまりアルコールが好きではない七海には、ワインの味はわからない。白か赤かロゼか。見た目の色でしか判断できなかった。

飲みやすい……ような気はするし、爽やかな香りに感じたが、その感覚が正しいのか、自信が持てなかった。

「親が友人同士で会社を始めたんだよ」

「え？」

「俺らが七歳のころにね」

それが、さっき訊いた「二人の出会い」であることに、すぐには気づけなかった七海は反応が遅れた。

「ああ……はい」

「ただ、すぐに関係は変わったけど」

「お父様が亡くなられたとか……」

「そう。俺が九歳のときに病気で。母さんは専業主婦で、突然大黒柱を失ったから、路頭に迷うかと思った。当時は路頭なんて言葉は知らなかったけど」

ハハ、と光輝は乾いた笑いをこぼした。

「俺が知ったのは高校に入るころだったけど、真悟の親父《おやじ》さんにはかなり援助もしてもらっていたし、母親の具合が悪くて行けなかった保護者面談にも来てもらったり」

「親代わりみたいな？」

ワインを口に含んだ光輝が、苦いものを飲んだように、わずかに顔をしかめた。

「そんな感じのときもあったかな。まあ、真悟と比べて、俺は出来が悪い息子だったけど」

「そんなこと……」

「運動は俺のほうが少しできたよ。小学校の運動会でリレーの選手に俺がなったとき、真悟の親父さんに報告したら、褒めてもらってさ。でも選ばれなかった真悟は微妙な顔をしていたな。同じ学校ではなかったから、一緒に走ったことはなかったし、実際、俺と真悟のどっちが足が速いかはわからないけど……どうでもいいことで競っていたよ」

「友人であり、兄弟のような存在でもあり、さらにライバルって感じですね」

「いや、そんな綺麗にまとめられる関係ではなかったな。気に入らなければ目を合わせないこともあったし。二人とも子ども過ぎたんだろうね」

「小学生は子どもですよ」

一瞬、光輝はきょとんとした表情になったが、すぐにこらえきれない様子でふき出した。

「違いない。ただ、開き直ることができないんだよ、子どもだから。意識して、お互い勝手に相手をライバル視してしまうんだ」

大学に入ると、徐々にお互いに距離感をつかめるようになったという。

「真悟のほうが成績は良かったから、もう、張り合おうって気にはならなかったし、俺は東京の大学に行ったから、会うのも年に数回だったし。そのせいってわけじゃないけど、子どものころより、穏《おだ》やかな気分で接することができたかな。離れてみれば、懐《なつ》かしさもあったし、気心が知れていたし……大人になったってことじゃない？」

空になったグラスに、光輝はまたワインを注ぐ。結構なペースで飲んでいるせいか、光輝の顔色は少し赤くなっていた。

真悟は、なかなか顔色に表れなかった。酔いが回ると少し饒舌《じょうぜつ》になったが、前後不覚に陥ることはなかった。

だけど今、真悟の好きなお酒を飲みながら、七海は冷たい緊張感を味わっていた。

「でも大人になってから、一度疎遠《そえん》になっていますよね？」

チーズに手を伸ばしていた光輝が、「ん？」と、視線だけ七海に向ける。

「そこは聞いていたんだ」

「少しだけ……」

光輝に結婚報告をする、と真悟が言い出したとき、大人になってから疎遠になっていたことを告白してきた。ただ理由を訊ねても、真悟は「ちょっとね」と言葉を濁《にご》しただけで、細かいことは教えてくれなかった。

「隠すほどのことじゃないけど、大人になってからだと、子どものころより恥ずかしいというか、バツが悪いって感じかな。いいトシして、何やっているんだろうって」

「いったい、何があったんですか？」

「んー……そうだなあ。まあ、駆けっこに負けたから、ではないね」

茶化《ちゃか》すように話した光輝は、グラスに半分近く残っていたワインを一気に飲み干《ほ》す。すぐにまた、グラスを満たして口に含んだ。

「実際は？」

「グイグイくるな。そんなに気になるなら、真悟に訊けばよかったのに」

「そうする時間はありませんでした」

ああ、とつぶやいた光輝は、ベッドの方を向く。グラスをテーブルの上に置いて、両手をこすり合わせた。

手が冷たいのだ。この部屋は恐らく十度を下回っている。これから夜中になれば、さらに気温は下がるだろう。

七海も光輝もコートを着ているが、それでも寒い。光輝がワインをハイピッチで飲むのも、寒さを忘れたいというのもあるかもしれない。

だけど、同じ部屋にいても、真悟は顔色一つ変わらない。薄手のシャツしか着ていないのに、震えることはなかった。

「疎遠になったのはいつのことですか？」

七海が身を乗り出すと、同じ分だけ光輝が距離を開けるように身体をそらした。

「絶対聞いてやろうって気持ちが、ビシバシ伝わってくるんだけど……」

「他に訊ける人がいないので」

納得できる答えだったのか、光輝は小さなため息とともに「五年くらい前かな」と言い、逃げ切れないと思ったのか、イスに深く座り直した。

「いい加減、疲れたんだよ。もともと、お互いが望んでスタートさせた関係じゃなかったし。社会人になって、俺も真悟の親父さんから援助を受けなくなって、気を使う必要がなくなったというのもあったけど。真悟も滅多《めった》に連絡してこなくなったから、嫌気がさしていたんじゃない？」

「ずいぶんハッキリ言いますね」

「それが聞きたかったんでしょ？　言っておくけど、あくまでも俺の話で、真悟がどう思っていたかは想像だよ」

「わかっています」

周囲の話を聞いたところで、本当のところ、真悟がどう思っていたかを知ることは無理だ。誰に聞いても、何を見つけたとしても。

ただ、真悟の外枠《そとわく》を構成するものを知ることができたなら、少しは彼に近づけるのではないかと思っていた。

「真悟のほうも、親父さんから会社を継《つ》いで、忙しかったし、必要な時間だったと思うけど。そのせいなのか、一時期、結構荒れていたって話だったな」

「荒れていた……？」

真悟は、七海が仕事で行き詰まって相談したときも、前向きな意見をくれた。人の良いところを探すのが上手く、ポジティブに物事を考えられる人だった。

光輝は「信じられない？」と言いたそうに、薄い笑いを浮かべる。

「真悟はもちろん、いいヤツだけど、好きな女性に見せていた一面がすべてだとは思わないほうがいいよ」

「それはわかっています。だからこそ知りたいんです」

「知らないほうがいいこともあると思うけど」

「それって、よくない事をしていたってことですか？　警察の厄介《やっかい》になったとか」

「そっち？　そっちを考えるの？」

違う違う、と光輝は顔の前で手を振った。

「じゃなくて……」

光輝が言いよどむ。

警察沙汰《ざた》ではなく、他に言いにくいこと……。

七海が答えを見つけられずにいると、光輝は「まあ、本気のものは何もなかったと思うけど」と、つぶやいた。

光輝が言いよどむのも納得できた。

「……あっ！」

「女性関係ですか」

「そんなとこ。俺だって、ほとんど連絡していなかったからよくわからないけど、地元が一緒だと共通の知人がいるし、いろいろ耳に入ってくるから。とっかえひっかえ、いろんな女に貢《みつ》がせたり、貢いだりしていたみたいだよ。同時進行で何人かとか」

「そう……ですか」

七海の声がかすれた。自分でも驚くほど、動揺していた。

「あのさ、聞きたがったのは、七海さんだからね？」

「わかっています」

「俺、真悟に恨《うら》まれたくないんだけど」

「大丈夫です。彼はもう、何も言えませんから、気にしないでください」

「昔のことだよ。七海さんと出会ったころはもう、そういうことはなかったと思う。そのころには俺たちも連絡を取るようになっていたから、保証する」

よほど七海がひどい顔をしていたのか、光輝がフォローした。

だけど、動揺はしていても、悲しいのとは違う。真悟が〝荒れていた〟ということが、七海にとっては受け入れがたかっただけだ。ただそれを、光輝に伝える必要はない。

「そっちこそどうなの？　俺は真悟から、病院で知り合ったとしか聞いていないんだけど」

「ああ……はい、その通りです」

「患者と看護師ってこと？」

「そうです。真悟が仕事で東京にいるときに交通事故に巻き込まれて、私が勤めていた病院に運ばれてきたんです。入院していたのは十日間くらいでしたけど」

「そういうことって、よくあるの？　患者と看護師とか、患者と医者の恋愛って」

「よくというほど頻繁《ひんぱん》なことではありませんが、まったくないというほど、珍しいことでもないかもしれません。もっとも私は、交際が続くとは、思っていませんでしたけど」

「遠距離だったから？」

「それもありますけど、入院中は私も看護師として接していましたから、退院したらなんか違ったと思われるかなって……」

「白衣マジックってこと？」

　まさに七海が思っていた言葉を言われて、苦笑しながらもうなずくしかなかった。

「遠距離恋愛が始まって、一年くらいしたら彼からプロポーズをされました。付き合った期間は一年でも、実際一緒にいた時間はそれほど多くはなかったので、しばらく私のほうが悩みました。ただ悩んでいても、離れていれば、その悩みは解消されないと思ったので、飛び込んでみようかと」

「それはわかるけど……いや、真悟が生きていたら、おめでとう、で終わった話なんだけど、やっぱり、理解しがたいんだ――死体と結婚は」

「そうですか?」

「そうだよ。真悟だってこんなこと、望んでいたとは思えないし。七海さんにしても、続けられもしない結婚生活のために、戸籍を汚すことをしなくてもいいはずだ。それがどうして？」

ずっと、突っかかった物言いをしているが、光輝は七海のことも心配してくれているらしい。

「真悟がいないんだから、また東京へ帰ればいいのに。こっちの冬は寒いよ」

「知っています。私、もともとこっちの出身なので」

「そうなの？」

「ええ。彼が遊んでいたというそのころ、東京に行きました」

「なるほど、真悟はラッキーだったというわけか。そんな姿を見られていたら、さすがに付き合うことなんて無理だっただろうから」

七海は二十二歳まで北海道にいた。そこから五年、東京の病院で働いていた。地元を離れるとき、もう帰ることはないと思っていたが、結局こうして戻ってきたのは、何かに導かれたから、としか思えない。

それくらい、真悟との出会いは七海にとっても、人生を変える大きな出来事だった。

だからこそ、知らないままではいられない。

ワインのボトルに手を伸ばした光輝は、難しい顔をしている。しばらく悩んでいたものの、結局また、グラスに注いだ。

「こんな寒い中で、本当に生活するの？」

「はい。月曜までですけど」

「月曜に、何か意味があるわけ？」

「いくら寒くても、特別な処置を施さなければ、遺体は腐ってしまうので。だから、月曜日までかなと」

「暑かったら、明日くらいまでにしたってこと？」

どうだろう。

確かに光輝の言う通り、気温が高ければ腐敗するスピードが速いため、死後四日間も放置しておくわけにはいかない。ただ、一日や二日では短すぎる。その場合どうしたか……。

「……どうでしょうね」

考える必要のないことで悩むことはない。どっちにしろ、七海にはこれ以外の未来はないのだから。

七海の覚悟を感じ取ったのか、光輝が鋭い視線を向けた。

「さっきも言ったけど遺産目当てとか？　結婚すれば、真悟の遺産の多くは、七海さんが貰えることになるよね？」

「それは無理だと思います。死亡後に婚姻届を提出したことはバレますから」

「じゃあ遺体を放置することで、死亡推定時刻を狂わせて、警察を攪乱《かくらん》するとか」

「ドラマの観すぎじゃないですか？　それに、この状態であれば、死亡推定時刻が大きく狂うことはないと思います」

「そんなの、俺が見ていないところで、何をするかわかったものじゃない」

室温を変えることで、遺体の腐敗するスピードを変えることはできるかもしれない。だが、それを細かにコントロールする知識や技術は、七海は持ち合わせていなかった。

「光輝さんの考えすぎです」

それでも納得しないらしく、光輝はポツリと「会社？」とつぶやいた。

「……どういう意味ですか？」

「そのままだよ。会社を乗っ取るつもり？」

「それこそ門外漢です。私は病院以外、勤めたことがありませんから。それとも、真悟の会社は、他企業が高値で欲しがるんですか？」

「それは……」

結婚したいと言い出した真悟だったが、いざ七海が了承したら、躊躇を見せた。一人で暮らすことはできても、二人分を抱えられるほど、収入の余裕がなかったからだ。真悟にしてみれば、七海の仕事を辞めさせることに、後ろめたさがあったのだろう。

結果的に七海も働くと言って結婚話は進んだが、乗っ取りたいほどの業績を上げている会社ではないはずだ。

「じゃあ何が目的？」

「何度も言った通り、結婚生活をしたいだけです。彼のことを知りたいから」

「俺としては、七海さんが知っていた、綺麗な思い出だけでいいのにって思うよ。こんなことしてないで、真悟を早くゆっくり眠らせてあげればって……」

正しさを競ったら、七海は負けるだろう。

ただこれは、正しさを判断しているわけではない。七海は、自分の気持ちに正直になることだけを考えている。

「三日後にそうします。だからそれまで、私たちのことを放っておいてください」

七海の再度の頼みに、光輝は眉間《みけん》にシワを寄せたまま低く唸《うな》る。やはり納得してはいないらしい。

それでも、これ以上言っても無駄だと思ったのか、ワインを瓶の半分くらい残したまま、イスから立ち上がる。

「とりあえず、今日のところは帰るよ」

また来るのか、と思いながら、七海は光輝を見送った。

光輝が帰ってから、七海は再びクローゼットの中を調べ始めた。

寝ている暇《ひま》などない。時間がないのだから。

夜半を過ぎても、七海が手を止めることはなかった。

二日目　土曜日

七海《ななみ》が目を覚《さ》ますと、まだ部屋の中は暗かった。枕元《まくらもと》に置いたスマホで時刻を確認すると、午前六時半。もうじき、太陽が昇ってくるだろう。

昨夜七海がベッドに入ったのは午前一時を過ぎていた。ただ、風呂に入ったものの身体《からだ》がなかなか温まらず、手足の冷たさが残っていて、すぐに眠りにつくことができなかった。そのため、二時ごろまでうつらうつらとしていた記憶がある。それでも、前日は夜勤のためほぼ寝ておらず、いつの間にか意識を失っていた。

熟睡できなかった身体は重く、このまま布団《ふとん》にくるまっていたくなる。天国という場所があるのなら、真冬の布団の中かもしれない。

七海は新しい枕の上で、頭を左右に動かした。

「ちょうどいいんだよね……」

枕は硬《かた》すぎず柔らかすぎず、完璧《かんぺき》な沈み具合だ。首への負担もなく、高さも七海の身体にフィットしている。

使ってみてわかったことだが、真悟《しんご》にはこの枕は少し低いかもしれない。

真悟は自分の部屋で使っている枕も、こだわったものを買っていたはずだ。見た感じ、新しい枕より高さがある。

別々の枕を並べたほうが、真悟にとっては寝心地が良かっただろう。購入した真悟が、それをわからないはずはない。それでも横長の、一緒に寝られる枕にこだわった。

「結婚……楽しみにしてくれていたんだね」

昨日《きのう》は緊張と興奮と、これまでに経験のないことばかりで、泣けなかった。だけど今、暖かな布団に包まれていると、七海の目から勝手に涙がこぼれてくる。

そうか、この枕は一人で使うんだ。

真悟はもういない。真悟と一緒に迎える朝は、もうない。布団から出たくなくて仕事を渋《しぶ》ることも、おはようや、おやすみを言うこともない。真悟が七海に微笑《ほほえ》んでくれることも、呼びかけてくれることもない。それが永遠に続くのだと、七海は今ようやく実感した。

「……起きよう」

布団にいる時間がもったいない。

七海は暖房をつけず、手早く着替える。モコモコになるまで着込んで、すぐに真悟の部屋へ行った。

「おはよう」

部屋の電気を点《つ》けた。ベッドの上にいる真悟は、昨日とまったく変わらない姿勢で寝ている。

全身の状態をチェックするが、見たところ大きな変化はない。少し皮膚《ひふ》の水分が失われているが、腐敗《ふはい》した臭《にお》いは感じない。やはり室温が低いことに助けられているようだった。

七海は真悟の顔を覗《のぞ》き込んだ。

「枕、ありがとう」

ジッと見ていると、真悟の瞼《まぶた》が微《かす》かに動いたような気がした。

自分の声に反応したのかと思った七海は、もっと大きな声で呼びかけた。

「おはよう！　朝だよ」

だけど返事はない。今度はピクリともしなかった。――いや、そもそも真悟は動いてなどいない。

「そうだよね……」

真悟が動いたように見えたのは、七海の願望だ。動いて欲しい。目を開けて欲しい。何より、私の質問に答えて欲しい。

そんな願いを打ち消すように、七海は窓を開けて、部屋の空気を入れ替えた。

この異質な空間を現実とつなげなければ、自分の意思が濁《にご》ってしまいそうだったから。

「寒い……。雪、また積もってるし」

もともと積もっていた雪のさらに上に、新しい雪が層を作っている。

東京で雪を見たときは懐《なつ》かしさを感じたが、北海道に戻って三日もすれば、見飽きてしまった。これが、生活するということだろう。

空はまだ厚い雲に覆《おお》われている。今日も降りそうだ。道路では自動車が低速で走り、歩行者も慎重《しんちょう》な足取りで歩いていた。

しばらく寒さに耐《た》えて外を眺《なが》めていた七海は、窓を閉めると同時に、気持ちを切り替える。

「朝ご飯作るから、ちょっと待っててね」

返事をしてくれなくても、七海から呼びかけることはできる。今はただ、この時間を大切にしたいと思っていた。


昨日、須野原《すのはら》が帰ったあと、真悟のスマホにメッセージが届いていた。用件は『お大事に』ということと、『結婚おめでとう』だった。それと『真悟が好きだと言っていたからそれにした。ゴメン、センスなくて』と土下座するスタンプも一緒に送られてきていた。

須野原が持ってきてくれた結婚祝いは、サラダなどに使うドレッシングだった。普段、スーパーでよく見かける銘柄ではなく、オシャレな瓶《びん》に入った、ちょっと高級なドレッシングのセットだ。

「せっかくだから、使わせてもらおうかな」

真悟が好きな味を知りたい。幸い、サラダに使える野菜はある。

レタスを洗ってちぎり、トマトを湯剝《む》きする。細かく切ったベーコンをフライパンでじっくりと焼き、缶詰のコーンを散らした。

「他に……」

七海は冷蔵庫を開けた。

家電は冷蔵庫だけでなく、電子レンジもエアコンも洗濯機《せんたくき》も、同じメーカーの同じシリーズで統一されている。それなりに年季は入っているが、どれも状態はよく、きちんとメンテナンスがされていた。

七海は冷蔵庫の中から、卵と牛乳を取り出した。

以前真悟が七海の部屋に泊まったとき、朝食にフレンチトーストを出したら喜んでくれたから、今朝《けさ》はそれを作ることに決めていた。

『フレンチトーストって、喫茶店《きっさてん》かホテルのモーニングで食べるものかと思っていた』と、七海が想像していなかった喜び方をしていた。真悟の家では、フレンチトーストを作る習慣はなかったらしい。

真悟の母親は、高校時代に他界している。真悟が高校生なら、そのとき花帆《かほ》はまだ小学生だろう。父親は忙しく働いていたため、料理当番は真悟がメインになったと聞いていた。

高校生男子の料理ということもあって、最初のころは肉を焼く、野菜を切ってサラダにする、というのが日常だったらしい。ドレッシングにはまったのは、そのころなのかもしれない。

『肉ばかり焼いていたら、花帆に泣かれて』と言っていたが、真悟だってまだ、誰《だれ》かが作ってくれた料理を食べていてもおかしくなかった年齢だ。それでもそれから、ハンバーグを覚え、唐揚《からあ》げを作り――凝《こ》った料理にしても肉系が多かったため、今度は魚が食べたいと、父親からのリクエストがあったらしいが、その都度《つど》家族の希望に応《こた》えようとしていた。すべてが手作りだったわけではなく、総菜も買っていたと言っていたが、そのせいもあって、真悟は台所に立つことに抵抗のない人だった。共働きになるんだから、と結婚後の家事分担についても、揉《も》めずに決められた。

もちろん、実際に生活が始まってみたらどうなっていたかはわからないが、夕食は主に家で仕事をしている真悟が作ることで合意していた。

その代わり、朝食は主に七海が作る。だからフレンチトーストは定番メニューにしようと考えていた。

ボウルに卵を割り、砂糖と牛乳を加えて泡だて器で混ぜる。食パンを卵液の中に浸《ひた》し、しみ込むまでしばらく放置する。

「昨日から準備しておけばよかった」

さすがに昨夜の段階では、朝食のことまで頭が回らなかった。

その間、七海は使い終わった道具を片づけ、台所の中を見て回った。冷蔵庫には使いかけのいちごジャムが入っている。が、七海の目当てはハチミツだ。冷蔵庫で保存すると結晶化してしまうので、常温の場所にあるはずだ。

もっとも、暖房をつけなければ台所も寒い。冷蔵庫でなくても結晶化はしているだろう。調味料などが入っている戸棚を開けるが、ハチミツは見当たらない。食器棚や食卓の上にもなかった。

「食べないのかな……」

昨日、クローゼットの中の箱に一瓶入っていたが、賞味期限が切れていた。未開封だったから腐《くさ》ってはいないだろうが、七海は手を出す気にはなれなかった。

もう一度、冷蔵庫の中を確認する。すると、さっきは高い位置で気づけなかったが、奥にメープルシロップがあった。手を伸ばして、何とか取り出す。ほとんど使われた様子はなく、八割くらいは残っていた。

蓋《ふた》を開けて匂《にお》いを嗅《か》ぐ。一応、賞味期限は切れていないが、開封したのがいつだったのかがわからない。ただ、見た目の変化はなさそうだった。

「ま、大丈夫でしょ」

フライパンにバターを溶かし、パンを焼き始める。しばらくすると、甘くて香ばしい香りが、台所の中に広がった。

両面に焼き色を付けて、皿に載《の》せる。上からたっぷりとメープルシロップをかけた。卵液に入れる砂糖の量を控《ひか》えめにしたから、これでちょうどいい甘さになるはずだ。

「本当はフルーツもあればいいけど」

欲を言えば生クリームも欲しいが、このために買い物に出かける気にはなれない。

トレーの上に朝食を載せて、七海は二階の真悟の部屋へ持っていった。

「今日は真悟の好きな、フレンチトーストにしたよ」

真悟はパン食のとき、必ずコーヒーを飲んでいた。もちろん今日も用意してある。

「須野原さんが持ってきたドレッシングもかけておいたよ。いろいろな種類があったから、どれにしようか悩んだけど、ニンジンドレッシングにしてみた」

他には、レモンやゴマ、玉ねぎのドレッシングもあった。どれも興味を惹《ひ》かれたが、明後日《あさって》までには使いきれない。最終的にこの家に残していくものは、花帆が使うか処分するだろう。

花帆のことを考えると、七海は気が重くなる。

身内として、花帆と付き合えるのを楽しみにしていた。明るくて、社交的で、それでいて押しつけがましくなくて。話していて楽しい。義妹だが、年上だから姉のようでもあり、友人のようでもあり、学生時代の同じ部活の先輩のようにも感じていた。

「小さいころの花帆さんって、どんな人だった？」

昔は可愛《かわい》かったのになあ……と、真悟がこぼしていたことがあった。初めて会ったとき「兄のどこがよかったんですか？」と、七海に訊《き》いてきたときだ。

七海が「明るくて、優しいところ」と答えたら、花帆は「優しいというより、弱気だと思うんだけど」と、ギョッとするようなことを言った。それを聞いた真悟は、苦笑いしていた。

七海の学生時代の同級生の中に、兄を持つ人が何人かいた。総じて、兄に対しては辛《しん》らつなため、他人からするとヒヤヒヤするが、仲が悪いのとは違う。二人で出かけることもあるし、よく話もしている感じだった。

その兄が亡くなったと知ったら……しかも、七海がその事実を隠していたと知ったら、どう思うだろうか。

「恨《うら》まれるだけだよね」

真悟は、妹のことを可愛がっていた。ただ、弱みは見せないようにしていたようにも思う。二人が一緒にいるところを見たのは短い時間だったが、七海や光輝《こうき》と一緒にいるときとは違う「兄」の顔をしていた。

七海は意識的に口角を上げて、笑顔を作った。

「メープルシロップがあったってことは、最近ホットケーキでも食べた？」

ミックス粉は見当たらなかったが、小麦粉から作っても、そう難しいものではない。それとも冷凍食品だろうか。

真悟とはお菓子作りの話はしたことがなかったと、七海は今気がついた。

「知ってた？　メープルシロップって、お菓子以外にも活用法もあるんだって。前に、料理に入れているのを見たよ。お魚とかお肉料理にも、使えるんだって」

知ってるよ、と言うだろうか。

それとも、甘いのは食事に合わないよ、と言うだろうか。

「真悟は酢豚《すぶた》のパイナップルは許せる？　ドライカレーのレーズンは？　ポテトサラダにリンゴは？」

真悟に作ったことはなかったが、七海はポテトサラダにリンゴを入れる派だ。真悟は受け入れただろうか。

七海の元同僚《どうりょう》夫婦は、卵焼きが甘いかしょっぱいかで、周りを巻き込む大喧嘩《おおげんか》をしたことがあった。さすがにそのときはどっちでもいいじゃないかと思った。だけど、それまでの自分の考えや価値観と百八十度異なるとなれば、小さなことではないかもしれない。

「私は、甘い卵焼きが好きなんだよね。でも、真悟がしょっぱいのがいいって言うなら、そこは譲《ゆず》っても構わないと思っていたんだ。ポテトサラダも、どっちでもいいかな。どっちも作ればいいしね」

喧嘩をするのでさえ、うらやましいと思ってしまう。喧嘩は一人ではできないから。好きな物は同じほうがいいのか、違ったほうが話は広がるのか。

真悟はどちらの意見だろう。

「そういえば、サッカー観戦がしたいって言ってたね」

シーズンオフのため、今は海外サッカーくらいしか見られない。

「でもね、私本当は野球のほうが好きなんだ」

真悟には言えなかった。きっと、サッカーのチケットを買ったから一緒に行こう、と言われたら、ありがとう、と喜んだフリをしただろう。それに、一緒に行くうちに好きになるかもしれない。そして野球も行こうと、今度は七海が誘っていたかもしれない。

そのとき初めて、真悟は七海が興味はないのに、サッカーを見ていたことを知って驚く
――すべて、七海の想像だ。

「あ、そうだ。フレンチトーストにメープルシロップはどう思う？　私は香りもいいし、好きな組み合わせだよ」

――そうだね。

きっと真悟は否定しない。最初は同意してくれるだろう。でも……。

「ハチミツのほうが良かった？」

テーブルの上には、昨夜七海が見つけた、ハチミツの瓶が載っている。

「しまっておくほど、大切だったの？」

瓶に貼《は》ってあるラベルを読もうとしたが、どこの国の言葉かよくわからなかった。

ラベルには、わずかだが日本語の表記がある。載っているのは、品名――ハチミツであることと、賞味期限、そして輸入元の会社の名前だ。

「これって、真悟が輸入したんだよね」

輸入会社のところに『高辻《たかつじ》物産』とある。

「真悟が最初に買い付けた商品？」

もとは父親がやっていた会社で、真悟は大学卒業後に一度、別の会社に就職したと聞いている。住宅メーカーの営業だったはずだ。

このころのことは、真悟はほとんど話したがらなかったため、七海も詳しく訊こうとしなかった。ただ、ノルマのために営業するのは辛《つら》かった、と言っていたから、仕事が合わなかったのかもしれない。

七海はフレンチトーストを食べながら、とろりとした黄金色の液体を眺めた。

「私、真悟について知らないこと、本当にたくさんあるね」

昨日からそれを実感し続けている。

「もっと知りたいよ」

口の中いっぱいに甘さを感じる。二人で一緒に食べたら、幸せな朝食だっただろう。

フォークを置いて、コーヒーを飲む。

「ねえ、私たち、本当に結婚してよかったのかな？」

今度はほろ苦い味が口の中に広がった。

朝食を終えた七海は、昨日見つけた新聞をじっくり読むことにした。一面のトップはみな同じ記事だが、二面以降になると各紙に違いが見える。

普段購読しているのは一紙だけのはずだから、あとは駅かコンビニへわざわざ買いに行ったのだろう。

七海は新聞を前に頭を抱えた。

「これって、どっちの意味で調べていたんだろう……」

真実を知りたかったのか、報道を知りたかったのか。

調べるほど、真悟に確かめたいことが増えていく。

「ファイルの中の文書は英語だし……」

体裁からすると、何かの契約書のようだ。が、冒頭から単語がわからない。わからない単語一つ調べたところで、書面の多くにそんな単語が散らばっているため、とても残り三日間で、七海が訳せるとは思えない。そもそも、単語を調べたところで、文章として成立させる自信などまったくなかった。

「これを調べてみようか……」

ハチミツの瓶を手にした七海は、ラベルをカメラに写す。が、画像検索で外国語のサイトに飛んだものの、同じものは出てこなかった。

原産国も書いていないため、不明なことだらけだ。

わかったことはまったく馴染《なじ》みのない言語ということだった。

「言葉くらい、調べられないかな……」

もう一度カメラアプリを立ち上げた七海は、ハチミツの文字の部分を強調して写真を撮る。すると、ヒンディー語であることがわかった。

「インドの商品？」

今度はインド産のハチミツ、で検索してみる。七海が想像していたよりも、インドからハチミツが輸入されているらしい。馴染みのある店でも、取り扱いがあることがわかった。とはいえ、ラベルも瓶もまったく異なる。

しばらく検索方法を変えて探してみたが、同じものは見つからなかった。だが、瓶が似ているものはあった。

ハチミツの瓶の多くは、円柱か六角柱だ。真悟が保存していたハチミツも円柱だが、上の方に小さな凹凸《おうとつ》があって、それがぐるりと一周している少し特徴のあるデザインだった。画像では見落としそうなくらい小さな凹凸だが、実際瓶を手にすると、そこに目が奪われる。

「似てる……よね？」

画像を拡大して細部も確認するが、間違いなさそうだ。ラベルの色が異なるから最初は気づかなかったが、大きく書かれている文字はどうやら同じ配列だ。

改めて検索をしてみると、今度は商品が売っている店を見つけた。ありがたいことに日本——しかも市内にあった。

ただ市内とはいえ、少し離れている。それにラベルは違うため、まったく違う商品という可能性もある。だが、漠然《ばくぜん》とではあるが、何か引っかかるものを感じた。

真悟が眠るベッドに腰を掛け、七海は彼の首に軽く触れた。

「苦しかったよね……」

外傷がないこともあり、一酸化炭素中毒は苦しまなかったように思われることがある。

だが実際は、そんなことはない。寝ている間に一酸化炭素が充満したとしても、激しい頭痛や吐き気に襲われることもある。

七海は石油ファンヒーターに目を向けた。ヒーターの製造年は二十年近く前だ。メーカーのサイトを見ると、耐久年数《たいきゅう》は十年に満たないとあった。

「買い替えれば良かったのに……」

危険だとは思わなかったのだろうか。それまで、ヒーターの調子が悪いことはなかったのだろうか。

昨日からずっと考えたくないけど、考えてしまうのは、これは偶然なのかということだ。七海が夜勤の日でなければ、もしかしたらこの事故は起きていなかったかもしれない。起きても、助けられたかもしれない。事故であれば……。それとも自ら――。

七海の思考が闇《やみ》に沈みそうになったとき、真悟のスマホが鳴った。その音にハッとする。

メッセージが来ていた。

光輝だろうか。それとも、昨日来た須野原だろうか。

七海が画面に触れる。真悟の妹の花帆からだった。

『どう?』

それしか書いてなかった。

普段はそれだけで伝わるのだろうか。それ以前の会話を見たいが、返信をしないことを考えると、何も反応しないほうが無難だろう。

「ごめんね」

スマホに届かない謝罪をしてから、七海は外出の支度《したく》を始めた。


しばらく電車に揺られた七海は、ハチミツを扱う店の前に立っていた。

繁華街《はんかがい》からは遠く、住宅街にある店舗はアパートと併設されている。店名は『Colorphoni』。輸入した雑貨や食品を取り扱っている店だ。

窓から店内を覗《のぞ》く。木目を基調としたインテリアはナチュラル系で、性別関係なく、どの年代でも入りやすい雰囲気《ふんいき》があった。

店舗の外には、営業時間が書かれた看板が掲《かか》げられている。

AM11：00～PM4：00　日曜定休
小売の店としては営業時間が短く、日曜日に休みは珍《めずら》しい。とはいえ、場所柄を考えると妥当《だとう》なのかもしれない。

七海はドアを開けて中へ入った。

「いらっしゃい」

七海は思わず、入り口で足を止めた。

ゆったりとしたワンピースを着た女性が出てくるかと思ったら、ざっくりとしたセーターを着た、黒縁《くろぶち》の眼鏡《めがね》が印象的な、小太りの中年男性だったからだ。

「何かお探しですか？」

「あ……」

店内の商品を見る前に声をかけられると探しにくい。店そのものは五畳程度と狭いが、高い位置から低い位置まで品物がぎっしりと並べられていて、すぐには見つけられそうもなかった。ゆっくり商品を探すには、他に客もおらず落ち着かない。

七海はさっさと終わらせようと、スマホの画像を提示した。

「あの、これを探しているんですけど……」

「ああ」

愛想《あいそ》のない返事だったが、店員は七海が求めていたものを、すぐに出してくれる。紅茶やクッキーなどの商品と同じ場所に並んでいた。

店員から手渡された瓶を持ってみると、やはり真悟がもっていたハチミツとよく似ていた。

「おいくらですか？」

「三千二百円です」

「え？」

「高いと思ったでしょ」

店員は小さく鼻で笑う。しかも客に対してため口だ。感じ悪《わる》、と思った。

「それだけ美味《おい》しいってことですよね？」

「好みは人それぞれだね」

「でも、人気があるから置いているんですよね？」

「私が美味しいと思ったから、仕入れているんだよ」

言葉に棘《とげ》がある。いや、言葉だけではない。攻撃的なのは顔にも表れている。睨《にら》んでいるような、鋭い視線を七海に向けていた。

「うちの店の商品、どれもいい値段するので、突然こられたお客さんは、だいたい難癖《なんくせ》付けるんだよね」

「そんなつもりじゃ……」

「でもさっきから、何か探ろうとしているでしょ。この店に入る前も、中を覗いていたし。何が目的？」

「あ……」

店に入る前に窓から見ていたのを、気づいていたらしい。しかも目的と言われると七海は言葉に詰まる。客ではないからだ。

「この前もそうやって質問ばかりして、挙句《あげく》の果《は》てに、動画を撮っていた人がいたからね」

「動画？」

「ネットに流す動画。隠し撮りされた上に、あとで見たら、商品の値段が高いと、馬鹿にしたような内容で。年齢もあなたと同じくらいか、もう少し若いくらいの男性だったけどね。子どもが憧《あこが》れる職業ってやつでしょ？」

「違います！」

ユーチューバーと勘違いされていると思った七海は、財布から社員証を出して、店員の前に置いた。

「病院……看護師？」

「そうです」

初出勤日を早められて運がなかったと思ったが、身分証を貰《もら》えたから良かったのかもしれない。

社員証をしばらく見ていた店員はバツが悪そうに、「ああそう」と言った。

とりあえず、店員がなぜ攻撃的だったのかという理由はわかったし、これで話がしやすくなったのならヨシとするしかない。

「こっちはいいものを提供しているのに、値段を聞くと、露骨《ろこつ》に嫌な顔をする人もいるし、あとで難癖を付ける人もいるから勘繰《かんぐ》っちゃってね。悪かったよ」

「いえ……」

謝ってはいるが、店員に笑顔はない。しかも相変わらずため口だ。

「看護師なら、健康志向でいろいろお金もかけちゃうか」

「どうでしょう……」

医者の不養生《ふようじょう》という言葉の通り、医師や看護師の中には、あまり食事を気にしない人もいる。気にしている時間的余裕がないせいでもある。もちろんこの店員に、そんな説明をするつもりはなかった。

「このハチミツは、どういった人が買っていくんですか？」

「さあ？　私は普段、店番をしていないから、よくわからないね」

「店員じゃないんですか？」

「妻がやっている店だから」

なんだ……と、心の声が思わず口から出そうになり、七海はなんとかそれを飲み込んだ。店長不在の時に、たまに店番をする人。だとしたら、七海が訊きたいことを質問してもわからないだろう。

「店長さんは、いつらっしゃいますか？」

「月曜の夜まで出かけているから、火曜になるね」

七海は思わず、舌打ちをしたくなった。それでは遅い。

何としても、月曜までに答えが必要なのだ。

「あの……店長さんに、連絡して訊いてもらうことは可能ですか？」

はあ？　と、心底嫌そうな声が狭い店の中に響く。

「アンタ、やっぱり何か探っているでしょ」

「え？」

「お客さんじゃないね」

ドキッとした。言い返せなかった。だがここで怪しいと思われたままではいられない。七海は手にしていたハチミツを、レジカウンターに置いた。

「買います!」

「あー、はいはい」

店員は不機嫌《ふきげん》そうにしながらも、いそいそと緩衝材《かんしょうざい》で瓶を包み始める。レジの脇《わき》から紙とペンを出し、カウンターの上に置いた。

「こちらのカードにご記入をお願いします。ショップから季節ごとにご案内をお送りさせてもらいますので」

学園祭の劇よりも棒読みのセリフに抵抗する気力のない七海は、二度とここへは来ないだろうと思いながら、名前と電話番号だけを記入した。

記入済みの紙を一瞥《いちべつ》した店員は「ありがとうございます」と言って、それをしまう。

「この前も、訊きに来た人がいたんだよ。このハチミツについて」

ハチミツをショップバッグに入れた店員は、スタンプカードにハンコを押していた。

「ユーチューバーの人が、ですか?」

「違うよ。もう少し前。動画は撮っていなかったけど、どういうルートで輸入しているのかとか、そういうことを訊いてたね。もちろん、訊かれても答えないけど」

自分は違う、と言えないのが、七海も痛いところだ。

店員はそのときのことを思い出しているのか、眉間《みけん》のシワを深くして、ハチミツが並んでいる棚の方を見ていた。

「この国から輸入したハチミツ、昔いろいろあったから、因縁《いんねん》つけてくる人がたまーにいるんだよね」

七海の皮膚がぞわっと粟立《あわだ》つ。心臓が跳《は》ねた。

「いろいろあった、とは？」

「この店は関係ないよ。ここにある商品はちゃんと、俺《おれ》が調べたうえで輸入しているから」

「輸入は奥様じゃなくて、ご主人がしているんですか？」

「そうだよ。俺の仕事は品物の調達と経営。妻のほうが客商売に向いているから」

そのほうがいい、と思っても口には出さないでおいた。ただこれで、七海が知りたいことは、今この場で聞けることがわかった。

「このハチミツは、いつからここで売っているんですか？」

「去年からになるね。一度問題があったから、ちゃんとしたルートにするまでは扱えなかったから」

「問題？」

「誤解しないでよ。うちはどこに出しても恥ずかしくない仕事をしているから。どこかのように杜撰《ずさん》な仕事はしていないよ」

「どこかって、……どこの会社のことですか？」

質問するのに躊躇《ちゅうちょ》したのは、知りたかったけど、知るのが恐かったからだ。が、その一瞬の躊躇が店員に時間を与えてしまったらしい。

話し過ぎたと気づいたらしく、店員は虫を追い払うかのように、顔の前で手を軽く振った。

「もしかしてアンタ記者？」

「さっき社員証お見せしましたけど」

いやいや、と店員は勝手に納得した様子で、首を横に振っていた。

「おかしいと思ったんだ。考えてみれば紙の社員証なんて、簡単に偽造《ぎぞう》できる。パソコンがあれば作れるからね。写真を貼っちゃえば、こっちは信じてしまうし。そうだよ。どうりで、あっさり個人情報見せると思ったんだ。あんなに簡単に見せたのは、偽《にせ》の証明書だったんだな」

社員証を見せたことで疑われるなら、見せなければ良かった。

腹立たしい気持ちは抱きつつ、ここまで根性がひねくれている相手に、下手《したて》に出ても無駄だ。

「あの！」

嫌みを言われても、どうでもいい。七海には時間がない。どうしても今、知りたいことは聞かずに帰れなかった。

「前に訊きに来た人って、どんな人でしたか？」

「それを聞いてどうするの？」

「どうって……」

七海は真悟がこの店のものと似ているハチミツをしまっていたことが気になっていた。それとこの店に来た人が、どういうつながりがあるかはわからないが、どこかで真悟と接点があるのではないかと思う。

店員の男は、七海の全身を舐《な》めまわすように上から下へと見ていた。

「特ダネでも追い求めてライバルと競っているんだったら、一歩どころか、だいぶ遅いよ。向こうが来たのは、もう三週間くらい前だから」

記者というのは、この男の中では確定しているらしい。否定するのも面倒な七海は、そのまま質問を重ねる。

「男性でした？　女性でした？」

三週間前はまだ、七海が東京にいて、転職先が決まったころだ。

男性はうっとうしそうな様子で、早く代金を払えと、支払いトレーを七海の方に押し出した。

「ライバル社のことなのに、全然知らないの？　男だよ」

すぐに支払いをしたら、店を追い出されてしまう。七海は財布の中で札を数えるフリをした。

「何歳くらいの人でした？」

「ライバル記者の年齢なんて、関係ある？」

盛大な誤解のせいで話が進まない。焦《あせ》るしイラつく。それでもここでキレるわけにはいかない。七海は一度大きく息を吸ってゆっくり吐き出した。

「何社か追いかけているので、どこの会社の人か知りたいんです」

「会社名までは知らないよ。名刺を置いていったわけじゃないし。だけどまあ……三十代前半だと思うよ。一見、優しそうだけど、結構、しつこくいろいろ訊いてって。ああいう人は、裏で何を考えているかわからなくて、あんまり付き合いたくないタイプだよ」

七海は少し考えてから、スマホを開いて、店員に写真を見せた。

「このハチミツのことについて、何か訊いてきましたか？」

店員の顔が明らかに変化した。

見せたのは、真悟が箱にしまっていたハチミツの写真だ。家を出る前に撮影しておいた。

店員はこれまで見せていた苛立《いらだ》ちとは違い、はっきりと怒りを露《あら》わにしていた。触れてはならないところに触れてしまったということだけは、七海も理解した。

「知らないね！　さっさと代金置いて帰ってくれ」

「払いますから教えてください！」

「あんな会社と一緒にされたら迷惑なんだ！」

強い拒絶に、七海の足が震える。店員の態度の問題ではない。それが、どこにつながっているかと想像したからだ。

だからこそ、訊かずにはいられなかった。

「このままだと、あることないこと、ネットにあげますよ？」

「脅《おど》す気か！」

「そう取られても構いません。教えてください。――事件ですか？」

「そうだよ。ただ、事故という扱いになっているかもな。食中毒が出たって話だったから」

「食中毒？」

「ああ。だけど俺に言わせれば、あれは事故なんかじゃない。事件だ。殺人だ！」

「え？　……あの、殺人って……」

突然飛び出してきた強烈な単語に、七海はうろたえた。

「どういう……ことですか？」

バン！　と、カウンターの上に派手《はで》な音を立てながら、店員は一枚のリーフレットを置いた。

「それ以上知りたければ、こっちに訊いてくれ」

リーフレットには輸入食材と書いてある。小売ではなく、食品の卸《おろし》売りをしている会社のようだった。

「あの、こちらの会社は……」

「うるさい！　こっちは、一緒にして欲しくないんだ。これ以上、関《かか》わらないでくれ」

「でも……」

「しつこいな、警察呼ぶぞ！」

電話を片手に男が怒鳴《どな》る。

それ以上訊《たず》ねることはできないと思った七海は、三千二百円と交換するように、リーフレットを手にして、店をあとにした。


リーフレットの会社は、Colorphoniから一時間もかからないところにあった。

「それにしても……」

思わず七海の口から愚痴《ぐち》がこぼれる。

さっきの店員の態度はムカついた。完全にやつあたりである。

とはいえ、それだけ過去のトラブルが大きかったのだと想像すると、この先が不安になった。

電車に揺られながら、七海は窓の外を眺めた。

雪は小康《しょうこう》状態を保っている。だが、まだしばらく寒い日は続くだろう。ひと冬に何回も訪れる「最大級の寒波」は、北海道の冬では珍しくない。

だけど、七海はその日常が嫌いだった。

生まれ育った場所だからこそ、抱えきれないほどの思い出がある。

「悪いことばかりじゃなかったけど……」

良い思い出と、悪い思い出のバランスが悪すぎる。七海にとっては、いくつかの悪い思い出があまりにも重すぎて、押しつぶされる。その重さに耐えきれずに、離れることにしたのだ。

真悟と結婚せず、東京にとどまる選択肢《せんたくし》もあった。遠距離恋愛の末に破局しても、特別珍しい話ではないし、責められることでもないだろう。

だけど、七海は真悟のもとへ来た。そうしたいと思ったからだ。

電車の規則正しい揺れに身を任せていると、寝不足と暖かさから、目が閉じそうになる。

軽く頭を振ってスマホを手にすると、花帆からメッセージが届いていた。

『お兄ちゃん、いい夫をやってる？　最初が肝心《かんじん》って、職場の先輩が言ってたよ』

真悟へのメッセージが既読にならないから、七海に連絡をしてきたのだろうか。

ひとまず、七海に来たメッセージは返信するしかない。

『今朝、フレンチトーストを作りました。一緒の朝食は楽しいです』

嘘《うそ》は書きたくない。だけど、本当のことも書けない。

勤務時間中だと思ったが、花帆からの返信はすぐに来た。休憩中なのかもしれない。

『いいなー、今度、私にも食べさせて』

いいですよ、と返信したかった。

でも、すべてが露呈《ろてい》したあと、花帆が同じ言葉をかけてくるとは思えない。

悩んで、悩んで、七海は短くこう、返信した。

『機会があれば』

胸の中で黒く広がる罪悪感は、雪の中に捨てていこうと思った。


輸入食材の会社の建物はそれほど大きくはなかった。小ぢんまりとした鉄筋の建物と、それに併設するトタン張りの倉庫があるだけだ。敷地内に出入りするトラックに『(株)佐津塚《さつづか》食品』と書いてあった。

事務所のドアを開けると、中には二人しかいなかった。

「すみません」

七海が声をかけると、入り口の近くにいた中年女性がパソコンを打つ手を止めて、「はいはい」とやってきた。

胸元のネームプレートに「田口《たぐち》」とあった。

「どんなご用件でしょうか?」

田口は愛想のいい笑みを浮かべている。七海は家で撮ってきた、真悟が保管していたハチミツの写真を見せた。

「これについてお聞きしたいんですけど……」

「あらあら」

その声が少し大きかったのか、事務所内にいた二十代後半くらいの男性が、チラリと七海の方を向いた。

制止されるかと思ったが、男性はちょうど事務所にかかってきた電話の対応を始めた。

七海は少しだけ声を潜《ひそ》めて「このハチミツのこと、ご存じですか？」と訊ねた。

「そりゃあ私、この会社長いから、いろんな商品を見てきたわよ」

田口の話では、社長の次に社歴が長いとのことだ。

「ここは今の社長が興《おこ》した会社だから、長いって言っても、二十年くらいかしらね。私、高校卒業して、別の会社に事務で入ったんだけど、お局様《つぼねさま》にいじめられて、辞めちゃって」

さっきの店の男性とは正反対なくらい、田口は質問していないことまで話す。話好きなのか、それともこれが田口なりの客の対応の方法なのか。放《ほう》っておくと話が脱線しそうなため、七海は「それで」と元に戻した。

「ハチミツのこと、詳しく聞かせてもらえませんか？」

「いいけど、私が知っている範囲よ」

「もちろんです」

こんなにあっさり了承してもらえるとは思わなかった。これは案外、すぐに真相に近づけるかもしれない。

「具体的に何が知りたいの？」

「何でもいいので、このハチミツに関することを教えてください」

「ずいぶん大雑把《おおざっぱ》ね」

「すみません。でも、情報があまりなくて」

田口は「何でもねえ……」と、やや困ったように視線を下げる。

いつの間にか電話を終えた男性が、七海たちの様子をうかがっていることに気づいた。

田口が話すのを止めようとしているのか、それとも内容に興味があるのか。

ただ、会話に混じる様子はなく、少し離れた場所から、聞き耳を立てているだけだった。

「お嬢さんは雑誌？　それとも新聞？　あとは……ｗｅｂってのもあるわよね？　最近は、そういうところの記者さんもいるんでしょ」

「どれも違います。記者ではありません」

さすがにもう、社員証を見せる気にはなれない。とはいえ、話の前に訊ねてくるということは、この会社にもその手の人が来たのだろう。

「雑誌の記者が、来たんですか？」

「ええ、前にね」

「何年くらい前のことですか？」

「四……五年くらいかしら。まあ、地元紙と雑誌一社ずつだったと思うけど」

「質問の内容は？」

「ハチミツのことね」

「具体的には？」

「忘れたわ」

「少しでもいいので、思い出してください」

「そうは言ってもねえ」

田口はあっけらかんと笑っている。だが七海にとっては笑い事ではない。

もしかしたら、わざとはぐらかしているのだろうか？　そんな考えがよぎった。

「あとで違ったとわかっても、問題ありません。どんなに小さなことでも構わないんです。例えば……ハチミツの何について調べていたのかとか、もっと些細《ささい》な……記者の年齢や性別でもいいので」

「些細なことでも、ねえ」

田口は手を顎《あご》のあたりにあてて悩ましそうにする。

だが、うんうん唸《うな》るものの、なかなか思い出せないらしい。やはり演技だろうか、そう思ったとき、コホン、と小さな咳払《せきばら》いの音がした。

「輸入したときの書類を見せてというのと、製品の検査結果という話です」

会話に割り込んできたのは、事務所にいたもう一人の社員だ。こんなことは慣れっこなのか、男性は「田口さん、社長が余計な事しゃべるなってこの前注意していませんでしたか」と言いつつ、本気で止める様子はなさそうだった。

「あら、木下《きのした》さんだって、しゃべっているじゃないの」

「さっさと話を終わらせてほしいだけです。そもそも、今俺が言ったことは、俺は知らないことですからね」

「え？」

田口と木下の会話に、今度は七海が口をはさむ。

「ええと……どういうことですか？」

「俺が入社したのは二年前なので、それ以前のことはわかりません」

「でも今、書類とか検査結果って……」

「それは、以前田口さんから聞いたからです。ですので、田口さんの記憶違いだったとしても、俺は責任取れません」

「それなら、木下さんが私の話を間違えて覚えていたらどうなるの？」

そう聞き返されるとは思っていなかったのか、木下は面食らった様子で口を噤《つぐ》んだ。

「そりゃ確かに、私はよくうっかりするけど、木下さんだって……えーっと……いつも助けてもらっているわね。私が書類を出し忘れていると」

「それは構いません。俺のミスも見つけてくれるので」

「そりゃ、私のほうが先輩だから……でもそうね。木下さんだって、間違えない保証はないわよね」

どう考えても、記憶力は木下のほうが信用できそうだ。が、田口に言い返しても仕方がないと思ったのか、木下は「はあ……まあ、そうですね」と、答えにならない返事をしていた。

となると、「輸入したときの書類を見せてというのと、製品の検査結果」の信ぴょう性が増す。

「その、書類を見せたんですか？　記者の人たちに」

どう思いますか？　と、七海が視線を送ったのは、木下のほうだ。

「さっきも言った通り、自分が入社したのは、その話のあとですから、確実なことは言えません」

「……ですよね」

「でも、たぶん田口さんは、見せていないと思います」

「どうしてそう思うんですか？」

「たぶん、ですけど。田口さん、おしゃべりだけど、本当にやばいことは言わないんですよ。自分にも、素なのか天然なのかはわかりませんけど」

「やだあ、私、演技なんてしてないわよ」

やはり、愛想のいい中年女性、という印象が揺らぐ。実際、すべてを計算して話しているのだとしたら、七海がかなう相手ではない。とはいえ、それを言うなら、木下も信用していいのかはわからない。二人がシナリオ通りの演技をしていたら、見破るのは不可能だろう。二度と会いたくないが、Colorphoniの店員のほうがある意味わかりやすかった。

「ハチミツの検査結果に何か問題があったってことですか？」

「本当にそれはわからないの。私の主な仕事は、社員の給与関係のことだから」

そうです、と木下がうなずいていた。

田口はニコリと笑う。

「お嬢さんも、データが欲しいなら、あきらめて頂戴《ちょうだい》。私には手が出せない場所にあるから」

「いえ、私はそれじゃなくて……」

もちろん、記者が取材に来たというなら気になる。だが、専門的な数値を見たとしても、それが七海に理解できるかはわからない。わかるにしても、時間がかかるだろう。

七海にはタイムリミットがある。残りは六十時間もないのだ。その中で見つけられる正解を探すしかなかった。

「そのハチミツに何か問題がありましたか？」

「どうしてそう思うの？」

「それは……この会社を紹介してくれた人が、ちょっと気になることを言っていたので……」

正確には、ちょっとどころではない。殺人とまで言った。

七海がColorphoniの店員に言われたことを、表現を穏《おだ》やかにして伝えると、田口はイエスもノーも言わなかった。だが表情は雄弁で、うなずく寸前、と言っても過言ではなかった。

「お嬢さんは、それを知ってどうするの？」

「わかりません。ただ知りたいんです。知りたいから――」

真悟と結婚した。

冷たくて、何を訊ねても答えてくれなくて、笑うことも、食べることもしない真悟と結婚したのは、彼が何をしていたのかを知るためだ。

田口は、仕方がないわね、と言いたそうに、わずかに眉《まゆ》をさげた。

「誤解してほしくないのは、うちの会社は、どこへ出しても問題ない商品を輸入しているってことよ」

「はい」

「だからね、この商品は安全なの」

「はい」

「でも以前は、健康被害が出たって話はあったわね」

「その商品が原因で、死者が出たってことですか？」

「そうらしいけど、警察が動いたとか、事件として報道されたとかではないから、確実なことは言えないの。記者の人たちも、記事にできなかったのは、証拠がつかめなかったからでしょう？」

「結局、噂《うわさ》の域を出なかったってことですか？」

「そんなところね」

「だったら、噂でいいので、教えてください！　信じるも信じないも、私が決めます！

こちらにご迷惑はおかけしません」

何も手掛かりがなければ、手繰《たぐ》り寄せてきた糸はここで切れてしまう。

田口と木下は顔を見合わせた。

「そう言われても……」

困った様子の田口に、木下が「教えてやればいいじゃないですか」と言った。

「まったく、田口さんってば来客があると、さぼる口実ができたって長話をするから仕事が進まないんですよ。そろそろ仕事しましょう。給料もらえないって、他の社員が暴動を起こしますよ」

どうやら木下が七海を助けてくれたのは、七海に帰って欲しいかららしい。

田口が事務所の壁にある、時計の方を向く。渋々といった様子で、「ここだけの話にしてね」と口を開いた。

「この商品のバイヤーがね、かなり強引な仕事をしていたって話」

「具体的には？」

「先方が拒否しても、あの手この手で、取引に応じさせていたって」

「あの手この手？」

七海が身を乗り出して、カウンター越しの距離を詰めると、田口は諦《あきら》めたようにうなずいた。

「つまり……お金をちらつかせたり、脅したりみたいな？　国が違えば、文化も風習も、そして宗教も違うから。商談相手に女性を手なずけたり、なんてこともあったって話だけど」

聞いているだけで気分が悪くなる。しかもそれが、真悟がしていたことかもしれないとなれば、吐き気さえしてきた。

「泣き寝入りせざるを得ない相手を選んでいたって話もあったから、結構悪評がたっていたらしいわ。でも、あくまでも噂よ。誰が裁いたわけでも、私がこの目で見たわけでもないから」

もちろん、尾ひれがついた可能性はある。だが、こうして七海に話すということは、まったく根も葉もない話でもないのだろう。

田口は嫌な空気を振り払うように、少しばかり笑顔を見せた。

「今の日本、その気になればたいてい、どの商品でも手に入っちゃうでしょ。海外のサイトをみれば、個人でも輸入できてしまうし。もちろん、その手間を省《はぶ》くために、私たちのような会社があるんだけど」

木下がチラチラと時計を見ている。

「田口さんや俺がしているのは、給与計算とか、通販サイトの対応とか、梱包材《こんぽうざい》の発注とか、そういうのですけどね」

「そういう仕事だってする人がいなければ、会社は成り立たないでしょ」

「そうですけど」

「でも、木下さんの言う通りね。やっぱり、商品を見つけて、世間に知ってもらう仕事は、楽しいと思うわよ。それが、まだ世の中の誰も見つけていないものなら、なおさら楽しいんじゃないかしら」

「そういう人が……いたってことですか？」

「いたとしても不思議ではないってこと。そして、一度でもその成功体験があると、次も次もって、どんどんやり方が強引になるケースがあったかもしれない、ってことね」

田口は一度も断定をする言い方はしていない。だけど、誰かを思い浮かべているように感じた。

「そしてね、時には結果を焦るがあまり、手を出してはいけない商品だと、気づけないこともあるんじゃないかしら」

優しい口調ながら、田口はどこか諭《さと》すような言い方だった。「そんな人とは一緒にして欲しくない」という、含みも感じられた。

田口と木下に礼を言ってから、七海は佐津塚食品を後にした。

雪は降っていなかったが、風の冷たさは相変わらずだ。しかも一日で一番日が高い時間なのに、厚い雲のせいか薄暗く感じる。

まったく雪の溶ける気配のない歩道を歩きながら、七海はさっきの会話を思い出していた。

帰る直前、七海は「噂」の人について訊ねた。田口は具体的なことは言わなかったが、二十代の男性ということはわかった。

その当時の話となれば真悟は該当《がいとう》する。

真悟は『他の人がまだ見つけていない商品を紹介するのが楽しいんだ』と、七海に言っていた。そこに嘘《うそ》はないと思っていた。

実際七海に対しては、真悟は明るくて優しかった。誰に対してもそうだと思っていた。だけど七海が見ていたのは、本当の真悟だったのだろうか。それとも、七海が見ていた真悟が裏の顔で、表の顔はまったく違ったのだろうか。

これ以上調べることに躊躇がないわけではない。だが、知るために結婚したのだと思うと、七海は進むしかなかった。


家に真悟がいることが気になる七海は、ひとまず自宅へ帰ることにした。自宅に近づくと、遠目からでも来訪者がいることに気づいた。

さらに近づくと、光輝だとわかったが、なぜか玄関ドアに耳をつけて、中の様子をうかがっていた。

「どうしたんですか?」

七海が後《うし》ろから声をかけると、光輝は肩をビクッと震わせた。

よほど驚いているらしく、光輝はすぐには言葉が出てこない様子だった。

「どうかしましたか？」

「ああ……いや、急に声をかけられてビックリしたから。七海さん出かけていたんだ」

「はい、ちょっと……」

真悟のことを調べていたとは言えなかった。

「あ、今開けますね」

「待って！」

七海がカギ穴にカギを差し込む前に、光輝に制止された。

「え？」

「開けるのはちょっと待って。今、中から、物音がしたような気がしたんだ。俺はてっきり、七海さんが家の中にいると思っていたんだけど、そのわりには、チャイムを鳴らしてもいつまでも応答してくれなくて……それで、何かあったのかと思って様子をうかがっていたんだ」

「ちょっと待ってください。中に人がいるってことですか？」

七海が叫ぶと、光輝がシッと、唇《くちびる》に人差し指を立てた。

「それ、聞かれたらまずいんじゃないの？」

光輝の潜めた声に、七海の反応が遅れる。だが、すぐにその意味に気づいた。

今、家の中に真悟がいる、という設定だ。実際彼はいる。ただ、物音を立てるわけがない……ということは、七海と光輝しか知らない。

「どうしましょう」

「俺が先に入るよ。……警察に通報するわけにもいかないだろうし」

放っておいてほしいと言いながら、光輝に助けられている。

すみません、と七海が謝ると、光輝は「友人のことだから」と、照れくさいのか、顔をそむけていた。

七海がドアのカギを開け、光輝が玄関に入る。

やはり家の中は静かだ。

『見てくる。待ってて』

光輝は唇の動きだけでそう伝え、足音を立てずに、ゆっくりと中へ歩いて行く。

七海は今にもしゃがみこみたいほどの緊張を感じながら、光輝の動きを見守っていた。

一階をすべて確認した光輝は、両手でバツのポーズをした。どうやら、一階には誰もいないらしい。

だとすると二階。

死体に慣れていない人であっても、今の真悟を見れば、すぐに死体であることに気づくだろう。

光輝が慎重に階段を上っていく。その背中を見ながら、七海も靴《くつ》を脱《ぬ》いで、家の中に入った。自分の息づかいと心臓の音が、静かな場所に響きそうだった。

階段の半分くらいまで上っていた光輝は、後ろの気配に気づいたのか、振り返って制止を促《うなが》すように手のひらを七海に向けた。

七海は無言で首を横に振る。

真悟のことは、光輝に任せておくわけにはいかない。

言い争うこともできないと思ったのか、光輝はそれ以上七海を止めなかった。

二階の三部屋を、一つずつ回っていく。だがどこにも人の姿はなく、物音もしない。

もしかしたら相手も、七海たちが来ていることに気づいているのかもしれない。

玄関のドアを開けたときに、わずかとはいえ音がしたため、気づかれたとしても不思議ではない。

最後の一室――真悟の部屋の前に、七海と光輝は立った。

光輝が緊張の面持《おもも》ちで、右手の指を三本立てる。その数を一本ずつ減らしていく。ゼロになったら突入するらしい。

三……二……一。

バタン！ と大きな音を立てて、七海と光輝は部屋の中に入った。

「え……」

室内は七海が家を出たときと同じだ。真悟がベッドの上で寝ているだけで、誰もいない。

光輝が照れ臭そうに頭をかいた。

「ごめん、俺の勘違いだったみたい。風の音を誤解したのかも」

「いえ……何もなければそれで」

そう言いつつ、七海は窓を確認する。カギは閉まっていた。一度開閉してみたが、こじ開けられた様子もなく、クローゼットの中にも人の姿はなかった。

やはり光輝の気のせいだったようだ。

「変わりはない？」

「はい、大丈――」

「どうかした？」

真悟の枕元に、ゴルフボールくらいの雪玉があった。

触ると冷たく、間違いなく雪だ。もちろん、七海が家を出るときにはなかった。そしていくら寒いとはいえ、ずっと部屋にあれば溶けてしまうはずだ。

「嘘でしょ……」

光輝はベッドから離れた場所にいる。七海は入り口からまっすぐ窓に向かった。二人ともベッドには近づいていない。

光輝が部屋から廊下に顔を出して左右を見ている。

「やっぱり誰かいたのか？」

だが、気配も足音もない。聞こえるのは、七海と光輝の息づかいだけだ。

光輝が雪玉に手を伸ばした。

「触らないで！」

突然、七海が叫んだことに、光輝は驚いていた。

「それは……真悟が作ったものだから」

「は？　そんなわけ……」

「だって私、それと同じものを、真悟から貰《もら》ったことが……」

二か月前、東京にいたころ、同じくらいのサイズの雪玉を手渡された。ほとんど雪が積もらないから、それが精一杯の大きさだったのだろう。夜勤明けで帰ってきた七海の前で、真悟は冷凍庫から雪玉を取り出した。

――割ってみて。

渡されたときの表情……いや、声で真悟が何をしようとしているのか、七海は気づいてしまった。そもそも、その日、真悟が七海のもとへやってきたのは、それが目的だったからだ。

アクセサリーブランドの紙袋が、リビングの隅《すみ》にあったことには気づいていないふりをして、七海は雪玉を割った。

中には婚約指輪が入っていた。その一か月前、二人で一緒に選んだから、デザインはわかっている。普段使いをするには輝きが豪華なダイヤモンドの指輪は、雪の中でもキラキラと輝いていた。

――ゴメン、遅くなって。

タイミングが遅れたのは、お互いの仕事の都合で会えなかったからだ。

謝る真悟に、七海は「ううん」と笑顔で首を横に振った。

雪玉の中から出てきた指輪は、冷たかった。

息で温めてからはめた指輪はそれでもまだ冷たく、二人で笑った。

そんなことを、遠い昔のように感じながら、七海は真悟の指先に触れる。指はさっきまで雪を触っていたかのように冷たかった。

「真悟が……」

だが、ベッドの脇に置かれていた雪玉を割っても、中には何も入っていなかった。それが答えのような気がした。

「そんなわけないだろ」

「じゃあ、誰がこれを置いたと言うんですか？」

「それは……わからないけど、真悟が動くわけないんだから」

光輝の言葉は残酷《ざんこく》だった。もちろん七海も、真悟ではないことはわかっている。

でも、目を開けて欲しい、動いて欲しい。一瞬でも、それが叶《かな》ったという夢を見させて欲しかった。

「普通に考えれば、外から誰かが雪玉を持ち込んだのでしょうね。そして、その誰かはここにいた……」

「警察呼ぶ？」

本来なら、そうするべきだ。だが今は……。

「しません」

「侵入者がいたのに？」

「戸締まりを強化します」

残り二日と少し。誰にも邪魔をさせるつもりはなかった。

「それより何か御用ですか？　まだお仕事の時間ですよね？」

光輝は花帆のようにシフト制の仕事ではなかったはずだ。

七海の指摘に、光輝はムッとした表情をした。

「先週休日出勤したから、今日の午後を代休にしただけ。それと、こんな寒いところにいるから心配で」

「心配？」

「そう……あれ？」

光輝が自分の周りをキョロキョロ見まわしている。何かを探しているようだった。

「どうかしましたか？」

「持っていた袋、どこにやったかな？」

「袋？」

そんなもの、あっただろうか。七海は見た記憶がない。

しばらく唸っていた光輝が、あ！　と、手を叩《たた》いて、部屋を飛び出していった。上ってきたときとは正反対なくらい足音を立てて、階段を駆け下りていく。だが、出ていったときと同じくらいのスピードで、また部屋へ戻ってきた。手にはコンビニのビニール袋があった。

「玄関の外に置いていた」

どうやら、中の様子をうかがっているときに、置いたままにしていたらしい。

「はい」

押し付けられるように渡された袋の中には、コンロで加熱するタイプの鍋焼《なべや》きうどんのセットが入っていた。

「これは？」

「寒いから食べて温まって」

光輝なりに七海のことを心配してくれているらしい。こうして真悟の様子だけでなく、七海のことも気にかけてくれる。

だが、七海が礼を言うと、光輝は「それで」と険しい声を出した。

「七海さんはどこへ行っていたの？」

「ちょっと……」

七海が言葉を濁《にご》すと、光輝は「ハチミツのこと？」と言った。

「どうしてそれを……」

「昨日、新聞と一緒にあったから」

そういえば、箱の中の物を調べていた最中に、光輝がやってきた。新聞とともに、ハチミツも一緒に出していた。

「なぜそれで、ハチミツのことだと思ったんですか？　新聞もファイルも一緒に出していたはずです」

「目立っていたから。普通、新聞やファイルと一緒にしまっておくものじゃないでしょ」

「そうかもしれませんけど……ハチミツが凄《すご》く好きだったって可能性もありますよね？」

「そんなに好きなら、部屋じゃなくて、台所か仕事場の方に置くと思うよ。何度もこの家に泊まったけど、飲食はリビングだったし。二人とも酔っぱらって、そのまま寝たこともあるけど、ベッドで飲み食いしたのは、見たことがない」

ベッドルームでは飲食しない。

ワンルームだった七海のアパートでは、そもそもベッドとテーブルの距離が近いため、曖昧《あいまい》だったが、自宅ではきちんと分けていたらしい。これも七海が、真悟について新たに知ったことだ。

「光輝さんは何か知っているんですか？　……彼が何をしていたかということを」

田口から教えてもらった「噂話」だ。真悟の父親に実子のように可愛《かわい》がってもらっていた光輝が、知らないはずはないと思った。

七海は光輝との距離を詰めた。

「知っていますよね？」

「うん」

光輝はあっさりと認めた。

「俺は言ったよね？　七海さんが知っていた、綺麗《きれい》な思い出だけにしておいたほうがいいって」

光輝は少し意地の悪い笑みを浮かべていた。

「そりゃ結婚する相手の異性関係なんて知りたくないだろうけど、過去のことだし、気にするほどのことじゃないでしょ。もちろん、仕事だって七海さんには関係ない。でも仕事のことは、今の真悟につながっている部分だからね。それがあまり良くないことなら、知らないほうがいいと思ったんだ」

昨日の言葉はそういう意味だったのか、と今さらながら七海は気づいた。

「何があったか、教えてもらえませんか？」

「真悟が話そうとしていなかったことを？　きっと知られたくないと思うけど」

「それでも、私は知りたいです」

七海は聞いたばかりの「噂話」を光輝に伝えた。

光輝は顔色一つ変えることなく、「ふうん」と素《そ》っ気《け》ない反応をした。その反応の薄さが気になった。

「この話は、本当のことですか？」

「七海さんはどう思っているの？　それを信じているの？」

ベッドに寝ている真悟に、光輝が「どうなんだ？」と訊ねる。もちろん答えるわけがない。

「俺は噂話で終わらせておいたほうがいいと思うよ。今ならまだ可能だから」

光輝はそう言い残して、帰っていった。

七海だけになった部屋は、とたんに静かになった。

だがそれは、嵐《あらし》が過ぎ去ったあとのようで、心の中はいくつもの傷を残していた。

光輝が話さなかったからこそ、わかってしまったからだ。

あの噂話は本当だったということが。


インターネットでハチミツの輸入について調べると、検疫所《けんえきじょ》での審査が必要とあった。

だが画像の表示を見て、七海は疑問を覚えた。

七海は真悟がしまっていたハチミツと、ネットの画像の輸入ハチミツとを見比べた。

「名称はハチミツ。それはどっちにも書いてあるけど……」

食品表示法などには名称以外に、消費期限（もしくは賞味期限）、製造・もしくは輸入者名、製造所の所在地、保存方法、添加物、当該製品を製造した原産国等を邦文で記載する必要があると書いてある。つまり、日本で販売するなら、日本語で表示することが義務付けられている。でも、真悟がしまっていたハチミツにはその表示がほとんどない。

「これって、審査を受けていないってこと？」

海外旅行へ行った際、現地で買った食品を持ち込む——ことはあるだろう。空港で見つかった場合どうなるかはわからないが、個人旅行者の荷物すべてをチェックできているとは思えない。

だから、日本の法律には沿わないハチミツが持ち込まれることはあるかもしれない。ただ、あくまでも個人の場合だ。会社が売ったとしたら……。

「ダメだよね」

そのくらいは、七海でも想像ができる。とはいえ、真悟や真悟の父親がその程度のことを知らないとは思えない。

——今の日本、その気になればたいてい、どの商品でも手に入っちゃうでしょ。

田口の言葉を思い出した。

その気になれば、手に入る商品。

だけど、なかなか手に入らない商品を広めることができたら？

もしかして、真悟はその魅力に取りつかれてしまったのだろうか。

何が本当で、何が嘘だったのか。

調べれば調べるほど、真悟が遠くなっていく気がする。

「ねえ、私はどうすればいい？」

きっと、真悟は暴かれることを望んでいないはずだ。

それでも真実を知りたい七海は、階段を下りて、会社として使っている部屋へ向かう。

知らないほうがいいかもしれない。だけどそのままにしていたら、後悔《こうかい》することを知っている。それはもう、たくさんだ。

パソコンを起動させようとスイッチを入れる。しかしロックがかかっていた。

「当然、か」

スマホと同じ番号を入れてみる。

だがエラーとなって、入力しなおすようにと表示が出た。

こうなると思いつくパスワードを入れていくしかないが、いくつか入れたところで、七海の手は止まった。

「中を見るのは無理そう……」

とりあえず、自分のスマホで、真悟の会社について検索する。

会社のホームページが先頭に出てきた。その次に過去の記事がいくつか並んでいる。

真悟がしまっていた新聞に、書かれていた事件のものだった。

三日目　日曜日

電話を片手に、七海《ななみ》は何度も頭を下げていた。

「ご連絡が遅くなってしまい、申し訳ありませんでした——はい、そうです。ええ……変更ではなくて、キャンセルということで。はい、それは承知しています。本当に申し訳ありません」

いえいえ、と応じる相手は、そこまで珍《めずら》しくないことなのか、対応は穏《おだ》やかだ。そのことに救われる思いを抱きながらも、吐く息が白い室内での電話に、七海の声は震えていた。

もしかすると、相手には動揺していると思われているのかもしれない。

もっとも七海は、電話の向こうにいる人が想像しているだろうものとは違う心持ちだ。少なくとも、ウエディングフォトのキャンセル程度で心を乱しているわけではない。それ以上のことを一昨日《おととい》、すでに経験していたからだ。

「本当に申し訳ありません。はい、では失礼します」

ただ、電話を切るときに、これで本当に終わってしまうのだと実感すると、寂《さび》しさを覚えた。

ウエディングフォトは今日の午後に予約をしていたが、行けるはずもない。キャンセルするのをすっかり忘れていたが、今朝《け さ》目が覚《さ》めた瞬間に思い出して、電話をかけた。期日の変更ではなく、完全なキャンセルに、先方も悪いことを想像したに違いない。とはいえ、花婿《はなむこ》が死体になっているとは夢にも思わないだろう。

低温のおかげで、腐敗《ふはい》こそしていないが、真悟《しんご》の身体《からだ》は時計の針が進むごとに、人から遠ざかっているようだった。確実に、七海とは隔《へだ》たりのある何か、になっている。

「今日を楽しみにしていたのにね……」

ドレスの色を白にするか、赤にするかで悩んだとき、真悟は「せっかくだから、二着どう?」と勧《すす》めてくれた。もったいないよ、と七海が断ると、最初で最後なんだから、と七海の手を引いて、カラードレスのコーナーに連れていった。

結局、二着分の予約金を納めた。その予約金は、キャンセル料として返ってこない。

光沢《こうたく》のある濃紺《のうこん》のタキシードを着た真悟は、照れくさそうにしながらも、いつもより精悍《せいかん》な顔つきをしていた。

七海のスマホのフォルダには、試着の際の写真が残っている。でも、真悟が七海を撮ってばかりいたこともあって、タキシード姿の真悟の写真は、たった二枚しかない。そして、二人で一緒の写真は、当日の楽しみということで、一枚もなかった。

「あのとき、撮っておけばよかったかな」

しばらくフォルダの写真を見ていたが、そう長くは続けなかった。後悔《こうかい》はすべて終わったときにするつもりだ。

七海は真悟の仕事場へと降りて、机の引き出しや棚などを、漁《あさ》るように片っ端から検《あらた》めた。

昨夜、真悟の部屋で新聞を読んでいたが、いくら考えても結論はでなかった。他に何か手掛かりがないかと考えているうちに、「手紙」があるのではないかと思い至った。

だが真悟の部屋には、今のところ七海が求めているものは見当たらない。

新聞に書かれていたのは、『記者ともみ合いのすえ転倒させたか　傷害致死疑《ちし》いで五十代男を逮捕』という見出しがついていた記事だ。どの新聞でも、容疑者の名前さえないような小さな記事だったが、真悟はこの事件のために新聞を買っていたのだろう。

『札幌《さっぽろ》四方署は五日、傷害致死の疑いで札幌市在住の会社経営者の男（五十九）を逮捕した。死亡した記者に脱税疑惑を厳しく追及され、逃げようとした際に相手を突き飛ばしたと男は供述し、容疑を認めているという。脱税疑惑については、今後捜査の中で明らかにしていく模様』

ただ、一番詳しく報じていた新聞でも、これ以上は書いていなかった。それはネット上でも似たり寄ったりだ。あまり大きく報じられなかったことに安堵《あんど》していたのか、それとも事件の詳細を知りたいと思ったのかは、判断のしようがなかった。

傷害致死罪でも刑期が長くなることはあるが、真悟の父親――高辻康久《たかつじやすひさ》は、事件翌日に出頭し、最終的には懲役《ちょうえき》六年が確定していた。模範囚《もはんしゅう》であれば、そう遠くないうちに出所することになるだろう。

事件からすでに五年が経過している。

「こんなに大切なこと、真悟の口から聞きたかったな……」

とはいえ、真悟が黙っていた理由は想像がついた。

結婚する前に、真悟からは母親は病死、そして父親は仕事を失敗したことで、失踪《しっそう》したと聞いていた。ただならぬ話に、七海が大丈夫なの？　と訊《き》いたら真悟は、心配ない、とそれ以上追及して欲しくなさそうに拒絶した。そして、「たまに手紙が届くからね」と。

結婚相手の親のことなら、普通はもっと訊くのかもしれないが、そうできなかったのは、七海も両親と疎遠《そえん》になっているからだ。道内に住んでいて健在だから、会おうと思えば会える。ただ折り合いが悪くて、会えないというのが本当のところだ。

七海自身がそんな状況だったことと、妹の花帆《かほ》とは会っていたから、いつか詳しく話してもらえると思っていた。

「結婚したら、一緒に住み始めたらって……全部後回しにしたせいだよね」

報道だけで知りえない情報も、家族には何か伝えているかもしれない。

そう気づいて、引き出しや棚を漁りながら、七海は、刑務所から送られてきているはずの手紙を探した。だが今のところ見つかっていない。

「捨ててしまったとか？」

読んですぐに処分したという可能性はある。

机の引き出しはもちろんのこと、仕事用のファイルが並んでいる棚の中も探す。パソコン周りや、ごみ箱の中も探した。だが、ハガキも便せんもなかった。

途方に暮れて七海はイスに腰を下ろす。少しの間ぼんやりしていると、玄関の方から物音がした。また宅配便か、それとも光輝《こうき》か。

そんな風に思いながらドアの方の様子をうかがうが、待ってもチャイムが鳴らない。

七海が玄関ドアに手をかけると——外からガチャ、とカギが開いた。

飛びのいた七海は、足音を立てないようにして、一番近くの部屋に身を潜《ひそ》める。

息を殺して、ドアの方に全神経を傾《かたむ》けていると、ドアの開く音がした。

また、誰《だれ》かが中に入ってこようとしている。昨日《きのう》の雪玉が、七海の脳裏《のうり》によぎった。

七海は落ち着こうとするが呼吸が乱れる。あえぐように息をすることしかできない。それでもどうにか、叫ぶことだけはこらえていた。

ガチャガチャ。何度かドアを開け閉めする音がするものの、中に入ってくる様子はない。

いや、入ってこられないのだと気がついた。七海がドアチェーンをかけていたからだ。

やがて侵入者は諦《あきら》めたらしく、玄関は静かになった。

「いったい誰が……」

強引にカギを開けた音はしなかった。よほどピッキングに手慣れているか、それともこの家のカギで開けようとしたか——。

考えてみれば、昨日もドアをこじ開けた様子はなかった。そればかりか、家じゅうのドアも窓も、閉まったままだった。

警察には連絡できない。だけど……。

七海は階段を駆け上がり、真悟の部屋に飛び込んだ。

「ねえ、どうしてなの？　どうして、この家に誰かが来ようとしているの？　何のため？」

七海の知る真悟は穏やかで、他人に恨《うら》まれるようなことはないと思っていた。が、今は少し見方が変わって、仕事関係で何かあったのだろうと思っている。

それともこれは、真悟の調べてほしくないという意思なのだろうか。

職場が病院の七海は、場所柄怪談話はいくつも聞いてきたが、信じていなかった。昨日は一瞬信じかけたが、やはりそれは、生きている人が作り出す、幻想だと思っている。

だとすれば、確かめないわけにはいかなかった。

七海は玄関のドアを開けた。

「やっぱりね」

誰もいなかった。

ホッと胸をなでおろす。だが次の瞬間、七海は息を止めた。

そこには、昨日と同じサイズの雪玉が置いてあったからだ。

ほどなくして、光輝がまたやってきた。真悟の顔を見に来たという。だがその前に、七海が朝の来訪者のことを伝えると、躊躇《ちゅうちょ》なく「警察に通報しよう」と電話を手にした。

光輝は玄関にいて、まだ靴《くつ》も脱《ぬ》いでいない。放《ほう》っておけば飛び出して行ってしまいそうで、七海はコートをつかんだ。

「待ってください」

「待てない。このままだと、七海さんも、真悟と同じ場所へ行くことになるかもしれない。そんなことになってもいいのか？」

「もちろん嫌です！　でも、明日まで待ってください」

「その、明日までできえ危険だと言っているんだ」

「だったら、光輝さんはこの家に来ないでください。そうすれば、光輝さんの身に危険はないはずです」

「危険が迫っているとわかっていながら放置なんてできない」

「大丈夫ですよ。私が真悟に恨まれることはあるかもしれませんけど……」

電話に指をかけていた光輝の手から力が抜ける。二、三度瞬《まばた》きをして、七海のほうを見た。

「七海さんが真悟に恨まれるって、どういう意味？」

「それは……」

七海は一瞬言いよどんだものの、行き詰まっていたこともあり、光輝に手紙のことを話した。事件についてては、七海が説明するまでもなく、知っている様子だった。

人の親書を探っていることを止められるかと思ったが、意外にも、光輝が表情を変えることはなかった。

「手紙、か」

「知っているんですか？」

「いや、訊いたことはない。でも、隠し場所に関しては心当たりがあるよ」

「えっ？」

すぐに場所を教えてもらえるかと思ったが、なぜか光輝は眉間《みけん》にシワを寄せている。

「違ったら面倒というか、違わなくても、面倒なんだけど……」

それでも光輝は「付いてきて」と、靴を脱いで二階へと上がる。

まっすぐ真悟の部屋へ行った光輝に、七海は後ろから声をかけた。

「この部屋は昨日調べましたけど」

引き出しもベッドの収納スペースも、クローゼットの中も、服の間まですべて探した。

もう見るところはない。

だけど、光輝の指は、真悟に向いていた。

もしかして、脱がせた服のほうか、と七海が問うと、光輝は否定した。

「そっちじゃなくて、ベッドのほう」

「ベッド下の収納スペースなら確認しました。引き出しを全部出しましたから」

「でも、マットレスの下までは見てないよね？」

「はい……え？　マットレス？」

七海は光輝が何を言っているのか、すぐには理解できなかった。

伝わらないことに焦《じ》れたのか、光輝は少し早口で言う。

「真悟は子どものころ、見られたくない物――悪い点数のテストなんかをマットレスの下に隠していたんだ。大人になっても、捨てられないけど、見られたくないものをしまうというか隠す場所って、それまで見つかったことがなければ、変わっていないような気がするんだよね」

「マットレスの下……」

こんな状況になって、七海は真悟についてまた一つ知ることができた。

それを真悟ではなく、光輝から聞くことに寂しさはあるが、やはり一つ、近づけた気がする。

前向きな気持ちになっている七海の横で、光輝は腕組みをして、低く唸《うな》った。

「遺体って、転がったりしたら傷《いた》む？」

「経験がないのでわかりませんが……時間が経《た》つと、扱いが難しくなるとは思います」

最終的に動かすことになるにせよ、何度も移動させるのは、遺体を損傷させてしまう可能性はありそうだ。何より、感染症の危険もある。触れることにはリスクが伴う。

光輝は深々とため息をついた。

「わかった。とりあえず真悟が乗ったまま、俺《おれ》がマットレスを持ち上げるから、七海さんが覗《のぞ》いて。真悟を落とさないようにするには、角度をつけるわけにはいかないから、隙間《すきま》から見るような恰好《かっこう》になると思うけど」

コートを脱いだ光輝は、窓側に立ってマットレスに手をかける。

「いい？」

七海がＯＫの合図を出すと、光輝はせーの、と言って、マットレスを持ち上げた。

隙間は五センチ程度だ。七海はスマホのライトを使って、頭の側から足元側まで、素早く目を走らせた。

「どう、あった？」

「ちょっと待ってください――いえ、ないみたいです」

重さはさほどないはずだが、真悟を落とさないようにするために、神経を使うらしい。

光輝はマットレスから手を放すと、腕の力を抜くように、ブラブラと振っていた。

「じゃあ、反対側を上げてみるよ」

「お願いします」

二人で反対側に回り、もう一度同じことをした。

「ある？」

ベッドの中央に真悟が寝ているため、すべてを見ることは不可能だ。それでも、封筒の角くらいは見つからないかと七海は目を凝《こ》らす。

「なさそう……あれ？　すみません、もう少し持ち上げてもらえますか？」

「何かあった？」

「わかりません！　でも、白いものが見えた気がします」

わかった、と光輝は不安そうな声で答えつつ、マットレスとベッドの土台の隙間を広げる。

「あ、ありました！」

「すぐにとっ――ヤバい！」

七海が手を伸ばしたところで、マットレスがどすん、と下ろされる。七海の上半身がほぼマットレスに埋《う》まった状態になった。

息苦しいものの、暴れたら真悟が落ちてしまう。

視界が真っ暗の中、七海が耐《た》えていると、「ごめん、大丈夫？」という声とともに、重さはすぐに解消された。光輝が再びマットレスを持ち上げてくれていた。

「真悟が転がりそうになったから、思わず手を放してしまった」

手紙がベッドの中央近くにあったことで、かなりマットレスを持ち上げていたようだ。

七海が手にできた手紙は四通だった。

「全部取れた？」

「たぶん……」

確認したいとも思ったが、もう一度同じことを光輝に頼むのは気が引ける。長い棒でも差し込めば良かったかもしれないと、今さらながら思った。

七海が手にした白い封筒は、装飾《そうしょく》が一切なく、差出人の住所は書かれていなかった。あったのは『高辻康久』という真悟の父親の名前だけだった。

そしてあて名は『高辻真悟』。

七海は封筒を光輝の方へ向けた。

「内容は知っていますか？」

「手紙のやり取りさえ知らなかったのに、内容を知っていたらびっくりだよ」

花帆はどうだろう、と思った。封筒には真悟の名前しかない。もしかしたら、父親は兄妹《きょうだい》それぞれに手紙を送っていたのかもしれない。ただ仮に送っていたとしても、別々に出していたのであれば、内容も異なっていたはずだ。

七海は「ごめんなさい」と謝ってから、封筒から手紙を出した。

手紙には主に、刑務所の中の生活のことが書かれていた。仕事に関しては、大変だろうけど頑張ってくれとだけあったが、事件に関係することは何もなかった。

四通とも似たり寄ったりの内容で、違いがあるとすれば、食事のことと、気候のことくらいだ。暖房があるとはいえ、冬場の寒さは想像以上だったらしく、着るものを送って欲しいとあった。封筒に住所はなかったが、便せんにはどこの刑務所にいるかが書かれていた。

道内の刑務所だ。もっとも、道内とはいえ移動には時間がかかる。

七海が封筒に手紙をしまうと、真悟のそばにいた光輝は「何かわかった？」と言った。

「これといって……」

「そうだろうね」

「光輝さんは事件について、どこまで知っていますか？」

立ち上がった光輝は、脱いでいたコートにまた、袖《そで》を通した。

「一から十まで」

「全部ってことですか？　どうして」

「現場にいたから」

「新聞にはそこまで書いてなかったです」

「うん、大きく報道されなかったからね。でもあのとき、現場には真悟の父親と記者と、そして俺がいた。当然、警察でも証言をしたし、すべてのいきさつを真悟にも話した」

「そうだったんですか……」

突然父親が逮捕されて、真悟は戸惑《とまど》っただろう。事件の影響を受けつつ、真悟一人ですべてを背負《せお》い会社を――と、そこまで考えて、七海は疑問を覚えた。

「そもそも会社は、光輝さんのお父さんと、真悟のお父さんが始めたんですよね？　光輝さんも一緒に仕事をしようと誘われたことはなかったんですか？」

光輝はコートのポケットからスマホを取り出し、メッセージか何かを確認しているようだった。何度か画面の上で指を滑《すべ》らせると、またスマホをしまった。

「なかったね。まったくと言っていいほど」

それには触れて欲しくないのか、光輝は吐き捨てるように言った。

「どうして、事件現場に光輝さんもいたんですか？」

七海が狙《ねら》い撃つような視線で光輝を見ると、面倒くさそうな様子で、顔をそむけた。

「呼び出されたんだ。会社のことに関して聞きたいと」

「会社に関係していないのに？」

「だからだよ。内部の人は口を割らないだろうから、周りから攻めようとしたんじゃないかな」

「なるほど……」

「でも、俺が話せることなんてないし、それでもしつこく記者が訊いてきてもみ合いになっているところに、真悟の親父《おやじ》さんが来たんだ。会社で使っていた倉庫の近くだったから。で、親父さんがしつこい記者を振り払ったら、相手が滑って倒れて、頭を打ってしまったというのが事件の真相。一瞬、隠ぺいできないかという考えもよぎったけど、逃げることは無理という結論になって、翌朝出頭したんだ」

「なぜすぐに、救急車を呼ばなかったんですか？　もしかしたら、蘇生《そせい》は可能……いえ、そもそもその時点では、まだ死んでいなかった可能性もあったかもしれませんよね？」

「二人とも気が動転していたんだ。人が死ぬ場面なんて、見たことなんてなかったし。打ちどころが悪くて即死するってことはあるでしょ？」

「もちろん、ないとは言えませんが……」

ただ、医療関係者でない人が、生死を判定するのは難しい。しかもその時点で救急車を呼んでいれば、刑期だって短くすんだ可能性すらある。

結局、一時的にせよ、隠ぺいしようとしたところに、悪意があったととられても仕方がないのだろう。

「もっと早く出頭していれば……」

「後から考えるとそう思う。実際隠すなんて無理な話だよね。理由もなく突然記者がいなくなったら、すぐに事件かなにかに巻き込まれたと疑われるだろうし、穴を掘って埋めたとしても、たいてい見つかるじゃない。ニュースとか見ていると」

「そうですね」

現実的な答えを出したとは思う。だからこそ、もっと早く届けていれば、と後悔が残る。そうすれば今はもう、塀の外に……いや、そもそも刑務所に入っていなかった可能性もあったかもしれないのだ。

「真悟は？　真悟は事件にはまったく関《かか》わっていなかったんですか？」

「現場にいなかったのは間違いないよ。そのとき真悟は海外にいたから。信用できないのなら、パスポートを探せば？　スタンプを確認すれば、日付はわかるでしょ」

そんな器用な嘘《うそ》をつき続けられるような人ではなかったと、七海は思っている。ただ、嘘は下手《へた》だけど、隠し事は上手《じょうず》だったらしい。七海は「結婚」して、初めて知ったことがいくつもあった。

海外、という単語を聞いて、七海は気になっていたことを光輝に訊《たず》ねることにした。

「真悟って、英語を話せましたか？」

「ん？」

「いつか一緒に海外旅行へ行こうかという話になったとき、英語があまり得意でないようなことを言っていたので。でも、海外で仕事をしていたんですよね？」

それに、クローゼットの中にあった箱には、英語の文書が入ったファイルがあった。

七海の質問の意味を理解した光輝は、ああ、とうなずいた。

「片言の英語と翻訳《ほんやく》ソフト、あとはジェスチャー」

「それで大丈夫なんですか？」

「商談はまあ何とか、かな。会社の規模が小さいこともあって、一度に取り扱う量が少ないのと、事前に決済をすることで、信用を得ていたみたい。そのせいで失敗することもあったようだけど、真悟は張り切っていたよ。いろんな国へ行って、これまで日本になかった商品を仕入れるんだって。ただ、最初に勤《つと》めた会社で成果が出せないまま親父さんに雇《やと》われたことが悔しかったのか、こんどこそ結果を出そうと焦《あせ》っていたようではあったけどね」

七海の前では、微塵《みじん》もそんな様子を見せたことがなかった。仕事中の真悟は、いったいどんな感じだったのか。

七海がそれも訊ねると、「真悟の親父さんだって、数年以内には出所するだろうし、そのとき聞けば？」と言われてしまった。

「俺は直接仕事に関わっていないから、よくわからない。関係していたのは、真悟が正式契約をするときの書類を訳すことだけだよ。さすがにそういうところは、片言の英語じゃ厳しいから」

初めて聞いた話に、七海は驚いた。

「光輝さんが訳していたんですか？」

「そうだよ。俺は大学時代にアメリカに一年くらい留学していたし、真悟より英語は得意だから」

「なるほど……となると、英語が読めるんですね？」

七海が前のめりで光輝に近づくと、嫌そうに距離を取られた。

「ネイティブのようにはいかないよ」

「でも、翻訳していたんですよね？」

七海はクローゼットの中からファイルを取り出して、光輝に見せた。

「これ、なんて書いてあるんですか？」

面倒くさそうにしながらも、光輝はファイルの中の文書にサッと目を走らせる。

「ほとんどが、商品についての説明のようなものかな。適当に見ただけだから、ちゃんとは訳してないけど」

適当に見てわかるのだから、光輝の英語はそれなりのレベルなのだろう。

「言っておくけど、これを全部訳せと言われたら嫌だよ。友達とのメッセージのやり取りを日本語にするわけじゃないんだから」

光輝が言わんとしていることは理解できる。細かいところまで正確に訳すには、労力が必要なのだろう。

「そこまでお願いするつもりはありませんけど……」

「他にあるわけ？」

光輝はあからさまに嫌そうな顔をした。構わないでと言いながら、ずっと光輝の手を借りている。ただ、他に真悟の死を知っている人がいない以上、光輝に頼むしかなかった。

「パソコンのロックを解除する、パスワードわかりますか？」

一瞬、光輝の顔に疑問が浮かんだが、七海が「仕事のパソコンを見たいんです」と言うと、合点《がてん》がいったようだった。

すぐに二階から一階の仕事場へ移動した。

光輝がパソコンデスクに腰を掛け、スイッチを入れる。ＰＩＮの入力画面になった。

「まずは誕生日。あとは生まれ年」

「それはもう、入れてみました」

「だとしたら、付き合った日とかって可能性もあるのかな。七海さん、二人の記念日と誕生日を書きだして」

「私の誕生日はさすがにないと思いますけど」

「わからないよ。真悟は昔から――いや、いいから、書いといて」

恐らく、昔も付き合った恋人との記念日などを大切にしていたと言いかけたのだろう。付き合っているときは、恋愛にあまり慣れていないのかと思ったこともあったが、今となっては、慣れていたからこそ、相手が喜びそうなことをしていたのかとも思う。

七海はメモ用紙に、五つほど思い当たる数字を書いた。

その数字と、光輝が思いついた数字などを入力してみたが、十一回目のトライをすることはできなかった。連続で十回間違えると、十分間アカウントロックがかかってしまう仕様だったからだ。

「クソッ！」

チッと光輝の口から舌打ちの音が響く。

「すみません……」

「七海さんが謝ることじゃないよ。それに、最初から上手《うま》くいくとは思っていないし」

光輝に訊けば何とかなると思っていた七海は、想像以上に大変な作業だということを実感した。

「まあいいよ。他にもちょっと、思い当たる数字や組み合わせを試してみるから。ただ、いつ終わるかわからないし、七海さんは真悟のそばにいれば？」

「でも……」

七海から頼んでおきながら、自分だけ他のことをしているのは申し訳ない。

「ここに居られても、プレッシャーになるんだけど」

暗に追い払われていたのだと気づいた七海は、パソコンから離れることにする。

「じゃあ、私は二階にいますね」

ディスプレイの方を向いたまま、光輝はヒラヒラと手を振っていた。


室内には、窓から微《かす》かに太陽の光が差し込んでいた。今のところ、室温は十度にも満たないが、陽射《ひざ》しの入り方によっては、このあと部屋の温度が上がる可能性がある。

七海は真悟の部屋のカーテンを閉めて、電気を点《つ》けた。

「あと一日だね」

正確には、明日の夜まで通報するつもりはない。だからあと三十時間程度だろう。

七海は真悟の枕元《まくらもと》にあるスマホに手を伸ばす。解除キーを入力してメールを開いた。

真悟は仕事用のメールは一切受信しないようにしていたのか、それらしきものはなかった。そもそも海外とのやり取りは、時差の関係もあって、リアルタイムに動けないという理由もあるのかもしれない。

考えてみれば、真悟と一緒にいたときに、仕事の電話やメールに対応する素振《そぶ》りはなかったように思う。

「会っている時間が少なかったから、調整してくれていたのかもしれないけど……」

写真のフォルダを開く。

商品の写真などが入っているかと思いきや、それもさほど多くはない。

「二台持っていたとか……？」

フォルダの中には、ラーメンやスイーツといった、食事の写真もそれなりにあったが、ほとんど七海と一緒に行動したときのものだった。

「いくらなんでも、まったく仕事のものがないのは、おかしいような……」

仕事用のデータは、逐一《ちくいち》外部に保存して、残していなかったということだろうか。

考えても正解にたどり着けない七海は、自分が写っている写真を、片っ端から削除した。

七海が一人で写っている写真だけでなく、真悟と二人のものも消す。勝手に真悟のスマホを探っているその行為に、綺麗《きれい》な思い出を残しておくことが許されないように感じたからだ。その作業を終えると、七海は真悟の枕元にスマホを戻した。

「……ごめんね」

ひとりしんみりとしていたとき、「七海さん！」と、階下から光輝が呼ぶ声がした。

七海が二階に上がってから一時間半ほど経過している。声の切迫感からして、事態に変化があったことは明らかだった。

慌てて一階に駆け降りると、光輝は早く、と七海のことを手招きした。

「もしかして……？」

「うん、今、メールの確認をしていたところ」

メールは件名から本文まで、すべて英語で書かれていた。

「このメールは、光輝さんが訳されたものですか？」

「いや、パッと見たところ、俺が訳したのはないかな。このところ、自分の仕事が忙しかったし、真悟も最近は、英語を覚えるって勉強していたから」

「……そうですか」

英語の勉強をしていたことを七海に言わなかったのは、わざわざ言う必要がないと思ったのか、それともあえてなのか。

こうやって真悟を知っていくと、彼が七海に見せていた表情は、ほんの一面に過ぎなかったのだと思わせられる。

「仕事以外のメールはありましたか？」

「今のところ見当たらない。どこかにある可能性もなくはないけど、俺にはわからない」

「そうですか」

七海がパソコンの前に座ると、今度は光輝が真悟のところへ行くと言って、その場を離れた。

日本語のメールから読み始める。だがそれは送受を合わせても、数としては多くはなかった。店に商品を置いてもらえないかという依頼や、逆に以前から取引のある店からの問い合わせだ。ビジネス文書は端的に書かれているために、読むのに時間はかからなかった。

七海は後回しにしたメールを前に、深いため息をついた。

「こっちを見るしかないか」

英文のメールも、日本語と同じようなものだろうと思うが、中には明らかに、長い文章もあった。

とりあえず、翻訳ソフトを立ち上げる。海外のネットニュースを読むときに使ったことはあった。ただ、流ちょうな日本語とは違い、どこかちぐはぐな文になる印象がある。それでも、ゼロから訳すよりは心強い味方だ。

新しい日付の中から、長文のメールを選んで、翻訳ソフトに任せた。

「件名……リターンがついてるってことは、もとは真悟から送ったメールの返信か」

翻訳ソフトに入れても、件名が訳されていないのは、そこが商品名だからだろう。よく読むと、文章の多くは真悟からの質問で、相手からの返事は数行程度と長くない。

「なんか違和感が……」

最初に真悟が送った内容は、ハチミツについての問い合わせであることはわかる。

初めのうちは、真悟もそれほど長文を送ってはいない。いくつか疑問点があるということ、そして詳しい検査データが欲しいということが書かれていた。

昨日、七海が訪ねた場所で、ハチミツのデータについての話になった。やはり真悟も、何か思うところがあって、動いていたと考えるべきだろう。

だが、それに対する答えは、「そんなものはない」とつれないものだった。

もっとも外国の基準はわからないが、数年前の商品についての問い合わせとなれば、ないという返事であってもおかしくはない。ただ、本来はあるものをないと答えている可能性も否定できない。隠したいデータであれば、仮にあったとしても見せることはないはずだ。

真悟も同じように考えたのか、何度も問い合わせている。反対に相手は面倒になっているのか、返事が来るまでの間が、どんどん長くなっていた。

「温度差があるというか、相手をしたくないという感じみたい」

翻訳ソフトが訳してくれた文章も、わかりづらい部分がある。

真悟は返事をもらいたい、と頼んでいるのに、なぜか訳では返事をありがとう、になっている。これでは、どのくらい誤訳されているかわかったものではない。

しばらく読んでいくと、何回目かのやり取りのあと、真悟が送った文章に不可解なものがあった。データが無理なら、ハチミツを送ってほしいというのだ。

相手が検査をしないというのなら、自分が検査をする、ということだろうか。ただ七海は、ハチミツなら、真悟が持っているのでは、と思った。それとも、古いハチミツではダメだということだろうか。

「あれを検査すればいいのに」

もっとも、真悟がしまっていたあのハチミツが、このメールで問い質《ただ》されている商品とは関係なかったとしたら、話が変わってくる。

「複数の種類を比べたいとか？」

疑問が深まるばかりだ。

七海は再びメールを見る。最後に受信したメールは、真悟が亡くなる前日だった。

「このメールには『わかった』とあるけど……」

実際はもう少し長い文面ではあったが、結局のところ、了承の意味であることには違いない。

そのひとつ前に真悟が送ったメールには、データのことは書かれていない。ただ、今後このようなことはないように、と結んであった。

「次からは気を付けてね、はい承知しました、ってことなのかな」

今一つ、意味がつながらないのは、そのメールにもやはり、ハチミツの現物が欲しいことが書かれていたからだ。

もしかして、これからハチミツが送られてきたりするのだろうか？

訳がわからず、七海はパソコンの前でうなだれた。

「仮に今届いたとしても、検査はすぐにはできないだろうし……」

警察がどこまで調べてくれるか。

真悟の死因は一酸化炭素中毒。遺体の状態からそこは間違いない。そして室内の様子から見て、暖房器具の不完全燃焼であるのも確かだろう。

事態をややこしくさせているのは七海だから、警察が七海を疑うのは確かだ。だが、そこからハチミツのことを調べてくれるだろうか。

「やっぱり、もっと早いうちに確認すれば良かった」

スチール製の机に横を向く格好で左の頰《ほお》をつけると、冷たさから痛みを感じた。空気に触れている右側の頰に手を乗せると、温かさが伝わってくる。ああ、自分は生きているんだと感じた。

もう一度メールを読もうとしたとき、新着のメールが来ていることに気づいた。英文のため、さっきと同じように翻訳ソフトに入れる。

「ええと……新商品のお知らせ」

メールの送り主は、真悟がハチミツについての問い合わせをしていた会社だ。新商品の案内である。そこには、今度は検査データを送る、とあった。

再三、真悟が頼んでもかわしてきた相手が、今度は検査のデータをつけるということは、公表して差し支《つか》えない数値だったということだろうか。新商品というのだから、これまでとは違う製品なのは間違いない。

七海は二階にいる光輝を呼び、メールを見せた。

パソコンの前に座った光輝は、翻訳ソフトが訳した文章を見ながら、英文と見比べて確認してくれる。

「だいたい、意味はこの通りだと思うよ。翻訳ソフトも以前より、精度がよくなっているから」

横に立ったままの七海と目が合った。

「私からすると、もうちょっとと思う部分もありますけど」

「そうだね。もちろん今でも、とんでもない行き違いは起きることがあるから、すべてを任せるのに不安はある。だから、真悟も大切な契約のときは、俺に頼んできたんだろうけど」

そういえば、パソコンの中に契約関係のメールはなかったように思う。

光輝に転送したとしても、メールボックスの中には残っているはずだが、そういった類《たぐい》のものは一切見当たらなかった。

「契約関係のメールがどこにあるかご存じですか？」

光輝の顔に疑問が浮かんだ。

「ないの？」

「はい」

マウスを何度か動かした光輝は、納得がいかない様子だ。

「俺のところに来るメールも、このアドレスだったよ。真悟が削除したのかな？」

「何のために？」

光輝はそれには答えなかった。答えようがないのだろう。

真悟が契約関係のメールを削除した理由。普通に考えれば、見られてはまずいものだったから、だろうか。

「でも光輝さんのところには、真悟から受信したメールはありますよね」

光輝はそれにも答えなかった。さっきとは違い、意図的に無視されたと感じた。言いにくい雰囲気。いや、気まずい空気を光輝は身体から発していた。

七海が「どうかしましたか？」と訊ねると、無言だった光輝は、諦めたように口を開いた。

「真悟とやり取りしていたアカウント、削除したんだ」

「どうしてですか？」

「身に覚えのないログイン履歴《りれき》があって、第三者から不正にログインされたんじゃないかって通知が来たから」

「中を見られたってことですか？」

「……たぶん」

そういった通知は、七海のところにも来たことがある。ただ七海は、ほとんど使っていなかったアドレスだったため、特に被害はなかった。

「契約書とか外部に流出したらまずいから。俺はそもそも、翻訳し終えれば仕事も終わるし。原本というか、データは真悟のところにもあるから、残しておかなくていいと思って」

「そう……ですね」

七海も同じ立場だったら、光輝と同様の行動をとっているかもしれない。だが、この夕イミングで確認できないのは……いや、もしかしたらこれも、あの侵入者の仕業《しわざ》――？

パソコンのどこかに残っていないかと光輝はマウスを動かし続けていた。

「契約書は、プリントアウトして保管していたりはしないんですか？」

マウスに手を置いたまま、光輝は動きを止めた。

「昔は紙で保管していたって聞いたことがあるけど、最近はわからない。あるのか、ないのかということも」

七海は再度光輝と席を替わり、データを探すが「契約書」は見つからなかった。

「ちなみに、アカウントを削除したのはいつですか？」

七海が横に立つ光輝を見上げると、ボソッと「三日前」と言った。

「え？」

「不正ログインをされたのが三日前だったんだ」

光輝の言葉が重く部屋の中に落ちた。

悪いタイミングが続く。不正ログインが、せめて明日以降に起きていたらと思う。

真悟に近づいたと思ったら、遠くなっている気がする。

「そういえば、真悟は仕事用のスマホを持っていませんでしたか？」

「仕事用？」

「はい。さっきスマホの中を確認してみたら、仕事関係のメールなどはなかったので、どうしていたのかなと」

「パソコンで見るから必要ないと思ったんじゃない？」

「でも、スマホでパソコン用のメールを受信することはできますよね？　プライベート中でも見られるようにするものじゃないですか？　ましてや、真悟は一人で会社をしていたわけですし」

光輝はパソコンから少し離れた場所のイスに座って、背もたれに身体を預けた。

「親父さんの事件の前までは二台持ちしていたんだ。ただ、いろいろな電話がかかってきて、対応に困ったから、解約したんじゃなかったかな。まあ、一時期は仕事も大幅に減って、経費を抑《おさ》えたかった、というのもあったみたいだけど」

「それならなおさら、普段使っていたプライベート用のスマホに、仕事関係のことが残っていないのはおかしくないですか？」

七海が問い詰めると、光輝は「七海さんさあ……」と、それまでよりも低い声を出した。

「真悟の何が知りたいの？」

「え？」

「こんな仕事のことをほじくり返して、真悟の何が知れるっていうワケ？　やっぱり遺産がないか探っているとか？」

「違います」

「でも、真悟のことが知りたいというわりには、プライベートのことじゃなくて、仕事のことばかり探しているでしょ」

光輝は七海に疑いの目を向けている。手を貸してくれているとはいえ、その疑念は最初から消えていないのだろう。

「だからそれは、真悟の部屋から、仕事に関するものが出てきて……。わざわざ、過去の女性関係のことを知りたいとは思わないですし」

光輝がバツの悪そうな顔をした。最初に女性関係の話をしたのは光輝だからだ。

「そうかもしれないけど、それ以外だって、七海さんの知らないこともあると思うよ。友人のこととか、趣味のこととか」

それはこの短い時間で、嫌というほど理解した。だが七海は、そこを知っても、真悟の本来の姿とは遠いような気がしている。

「でも私、ずっと気になっていたことがあったんです」

ん？　と、光輝の顔に疑問が浮かぶ。七海はこれまで隠していたことを話すことにした。

「実は以前、彼が言っていたんです。――いつか殺されるかもしれないって」

「は？　冗談《じょうだん》はやめてくれ」

「冗談ではありません」

「いったい、いつそんなことを」

「結婚が決まったころです」

正確には、プロポーズを受けた翌日だ。その前夜、七海がプロポーズを了承し、一緒のベッドで朝を迎えた。普通なら、一番幸福感に包まれる朝かもしれない。

だけどそんな場所で、真悟は天井《てんじょう》の方を向いたまま言ったのだ。

『もしかしたら俺は、いつか殺されるかもしれない』――と。

驚く七海に、真悟は「幸せが続かないことを知っているから」と静かに言った。

「その言葉の裏には、お父さんの事件のこととか、過去にお母さんを亡くされたことも関係していたみたいです。経験上、幸せのあとには、不幸が待っている、という考えがあると言っていましたから」

光輝は何か言いかけるように何度か口を開いたが、どれも言葉にすることなく結局黙ったままだった。

「もちろんそれが、真悟の仕事と関係しているかはわかりません。ただ、プライベートよりも仕事のほうが、トラブルに巻き込まれやすいような気がしたので……」

光輝はもう、何か言おうとはしなかった。身じろぎもせずに何かを考えている様子だった。

しばらくすると、光輝は机の上にあったメモ用紙に、ログイン用のPINを書き、そのメモを七海に渡した。

「本当に明日でやめるんだよね？」

何を？　と、聞き返す必要はない。この生活以外、七海がやめることなど何もない。

「悩んでいる、と答えたらどうしますか？」

七海がそう言うことを想定していたのか、光輝はさほど驚いた様子は見せなかった。

「そのときは、俺が警察に連絡する」

コートのポケットからスマホを出して、指を動かす仕草をした光輝は、七海を睨《にら》むように見ている。どちらも視線を動かさない時間が続いた。

七海は目をそらさなかった。

「光輝さんは、ハチミツの件について、何かご存じではありませんか？」

「俺は詳しいことは何も。ただ、真悟は最近、何か慌てていたような気はするけど、よくわからない」

「訊かなかったんですか？」

光輝がフン、と鼻で笑う。

「七海さんがそれを言う？」

「そう……ですね」

「俺は、あいつが言うつもりがないなら、それでいいと思っていた。どうしても何かあれば、そのとき声をかけてくれるだろうって」

確かに、そういう考え方もあるだろう。だが、七海はそれでは満足できない。

結婚を決めたのは、真悟を知るため。そこは、最初から一ミリもブレてはいなかった。

光輝の肩が大きく上下する。ふーっと、長いため息を吐き出した。

「調べた先に知りたくないことがあったとしたら、真悟のことを嫌いにならない？　生きていれば思い出を塗《ぬ》り替えることができたかもしれないけど、それももうできないんだから」

そう言った光輝は、パソコンの画面を見ていた。

光輝が帰ったあと、七海は昨日訪れたColorphoniへ行った。だが、店の中が暗いことに気づいて、自分のうかつさに笑う。

昨日の今日なのに、日曜が定休日であることを忘れていたからだ。

諦め悪く、中に人がいないかと窓から覗くが、気配はなくひっそりとしている。

この店の男性とは、できれば二度と会いたくなかったが、真実を話してくれそうな人は、他に思い当たらなかった。

電話をしたところで、定休日なら出ないだろう。

未練がましく、七海はしばらく中を覗いたり、誰か来ないかと待ってみたものの、犬の散歩をする人が店の前を通り過ぎるくらいで、休日の住宅街に、人の姿はほとんどなかった。

「仕方ないか」

七海が駅に向かっていると、花帆からスマホにメッセージが届いた。

内容は、兄にメッセージを送っても読んだ形跡《けいせき》もなく、返事もないとのことだった。

「そうだった……」

こんなことだったら、真悟のスマホからメッセージを送っておけば良かったと、七海は頭を抱える。急ぎの用でなければ、それで誤魔化《ごまか》せたはずだ。

このまま、七海もスルーするしかない。

そう思って電車に乗ったが、放置しておけないことに気づいた。

家にまで来られたら、誤魔化せないからだ。あの家は花帆の実家でもある。カギを持っている。

結婚して、七海があの家に住むことになったとき、花帆はカギの返却《へんきゃく》を自ら申し出てくれた。だが持っていて構わないと、七海のほうから言った。

花帆は何事もなければ、勝手に家の中に入り込むことはしないと約束してくれた。だが兄である真悟に、そして七海にも連絡がつかないとなれば、カギを使って家の中に入っても不思議ではない。

七海は『ごめんなさい』と返信した。

『真悟のスマホ。調子が悪くて、修理に出しています』

すぐに『えー』と、不満そうなスタンプが送られてきた。

『事前に連絡をしておけばよかったですね』

七海のこの言葉に対して、花帆は『ううん、七海ちゃんのせいじゃないから』と返してきた。

とっさの嘘としては、まずまずだろう。

だが、問題はここからだ。花帆が真悟に会いたいと言ってきたら、どう誤魔化すかまでは考えていない。

七海は恐る恐る『何か用ですか?』と訊ねた。

すると花帆は『ちょっと遅かった』と、なぜか『ゴメン』と、雪だるまが土下座をしているスタンプを送ってきた。

話によると、花帆が食べないフルーツを貰《もら》ったから、真悟と七海のところへ持ってこようとしていたとのことだった。が、連絡がつかなかったため、他の人にあげたという。それが、つい今しがたのタイミングだったらしく、花帆は何度も『ゴメン』のスタンプを送ってきた。

だが七海にとってはタイミングが良かった。

そのまま、連絡を終わらせようかと思ったが、七海はふと『今から時間ありませんか?』と送った。

それに対しての花帆の返事は雪だるまが『OK』をしているスタンプだった。

メッセージのやり取りをしてから一時間後に、七海は花帆と顔を合わせていた。待ち合わせたのは、花帆の職場近くのカフェだった。

「急にごめんなさい」

「ううん、全然。今日は休みだったから」

どうやら、真悟に渡そうとしていたフルーツを、職場の同僚に届けたところだったらしい。傷む前に渡したかったから、と笑顔で話す花帆に、七海は胸が痛んだ。

昼食どきだったこともあり、花帆はオムライスを、七海はサンドイッチを注文する。料理とドリンクがテーブルの上に並ぶと、花帆が「もしかして、お兄ちゃんとのことで心配事でもある？」と言った。

「え？」

「だって七海ちゃん、たった二日しか経っていないのに、疲れたように見えるから。大丈夫？　ちゃんと食べてる？　お兄ちゃんに理不尽《りふじん》なこと言われたり、されたりしていない？」

花帆は身を乗り出して、七海の顔を覗き込んでいる。

その表情から心配が溢《あふ》れていて、七海はさらに胸が痛んだ。

「大丈夫です。ちゃんと食べています」

それは嘘だ。婚姻届を提出してから食欲がわかず、普段の半分も食べていない。睡眠時間も少ない。

だがそれも明日までのこと。明日以降、七海がどうなるかはわからないが、この張り詰めた状態からは解放される。

心配そうに七海を見る花帆は、その言葉を信じている様子ではなかったが、それ以上追及してくることはなかった。

「まあ、お兄ちゃんなら大丈夫か」

罪悪感に七海の胸がチリチリする。ごめんなさい、と心の中で謝ってから、スマホを取り出した。

写真を表示して花帆に渡す。画面をしばらく見ていた花帆は、小さく首を傾《かし》げた。

「この写真がどうかした？」

「知っていることがあったら教えて欲しいんです」

写真は真悟がしまっていた古いハチミツを写したものだ。

「ハチミツでしょ？」

そう言った花帆は、俯《うつむ》いて画面を見ているために、表情が見えなかった。

「真悟が取り扱っていた商品だと思います」

「そうなんだ。私は会社のことは全然わからない」

「かなり前の商品なので、もしかしたら、お義父《とう》さんも関係しているかもしれません」

スマホを持つ花帆の手がピクリと動いた。だが、まだ顔は上げない。

「インドの商品みたいなんです」

「インドがハチミツの産地ってイメージはないね。味はどうなんだろう？」

「食べてみますか？」

ようやく花帆が顔を上げた。そこには不安や疑問、そしていくらかの恐怖が浮かんでいるように見えた。

「食べるって、写真は食べられないでしょ……」

「家に、実際の商品がありますから」

薄く開いた唇《くちびる》から、えっと……と、微かに声が漏《も》れる。花帆の困惑が手に取るように伝わってきた。

「かなり前の物なんて、食べられないんじゃない？　賞味期限は二～三年くらいだったと思うけど」

「瓶《びん》にはそう記載されていますけど、実際のところ、ハチミツは賞味期限がないようなものなので、十年くらいでも食べられるそうです」

風味は落ちるようですが、と七海が付け加えると、花帆は「遠慮《えんりょ》する」と、左右の口角が同じ高さにそろう、完璧《かんぺき》な笑顔を見せた。

「美味《おい》しくないとわかっているものを、わざわざ食べなくてもいいよ。で、七海ちゃんは、このハチミツの何が知りたいの？」

実際のところ、七海は過去に何があったのかわからないし、このハチミツに関してつかんでいる事実はない。

「何があったか、ということを知りたいんです」

「お兄ちゃんに訊いたら？」

「真悟は……答えません」

「仕事のことは話したくないってことか」

花帆は、ずっとテーブルの上にあるオムライスの存在に、今気づいたかのように、スプーンを入れた。

二度、三度とオムライスを口に運び、水を一口飲む。

「私は本当に、何も知らないよ。ただ、お兄ちゃんが言わないってことは、言わなくていいってことなんじゃないかな。それか、言いたくないのかまでは、わからないけど」

真悟の死を伝えていないことに罪悪感を抱く七海は、返事に困って小さくうなずくことしかできなかった。

「お兄ちゃん、気弱なところもあるけど、意外と頑固《がんこ》だから、あまり問い詰めても、意地になって教えてくれないかもね。とりあえず、しばらく待ってみたら？　そのうち、話してくれるかもしれないし、知ってみたら案外、たいしたことではないかもしれないし」

どうやら花帆に訊ねても、これ以上は答えてもらえなそうだ。

七海は食欲がわかないまま、サンドイッチを口に運ぶ。パンに塗られているからしマヨネーズのせいで、鼻の奥がツンとした。

「花帆さんは、まったくお仕事には関わっていないんですか？」

「うん、私より光輝さんのほうが英語もできるし、自分の仕事が忙しいから」

花帆は次々にオムライスを口に運んでいく。皿の半分くらいのオムライスが、一気になくなった。

食べる手を休めた花帆は、テーブルの端に立てかけてあるメニューを広げ、デザートのページを見ていた。

「それに……」

それまで話していたときよりも花帆の声は小さく、聞き取りにくい。七海は少し前のめりになって耳を澄《す》ませた。

「あんなことがあったから、お兄ちゃんは、私のことを関わらせないようにしてくれていたし」

あんなこと――父親の事件のことだろう。

「花帆さんは、光輝さんともよく会っていますよね？」

「昔はね。向こうが大学生になるまでは、よく家に来ていたから。でも、中学生くらいからは、光輝さんは、お父さんの職場に行くことのほうが多かったかなあ」

「職場？　自宅ですよね？」

花帆はメニューをもとの位置に戻した。

「ああ……そっか。お父さんの件があるまでは、別の場所にオフィスを借りていたんだよね。でもお兄ちゃんが一人でやっていくことになってから、オフィスを引き払って家で始めたの。家賃を節約したいからって」

「なるほど。それって、五年くらい前のことですよね？」

「そう。そのころ私も就職して家を出たし、ここ数年は前ほど会わなくなって」

事件からすでに五年が経過し、あの家に出入りする七海が、奇異の目で見られることはない。とはいえ、人が一人亡くなっている。当時は厳しい言葉を向けてくる人もいただろうし、すべての人が事情を理解していたわけではないだろう。

花帆がその時期に家を出たのだとしたら、真悟が妹を守るために、そうするように言ったのかもしれない、と思った。

「花帆さんは、お義父さんに会っていますか？」

「一度だけ……。ちょっと距離があるし、仕事も忙しくて——」

そこまで言いかけて、花帆は、ううん、と自らの言葉を否定した。

「違う。仕事が忙しいのは本当だけど、行って行けないことはない。ただ私が行きたくないだけだと思う。手紙のやり取りはしているけどね」

被害者のことを考えれば、花帆にも思うところがあって当然だ。

「……真悟は？」

「お兄ちゃんは、定期的に行っていたみたい。会社のことを相談したりもしていたみたいだし。メールや電話が使える場所じゃないから、手紙よりも会ったほうが早く返事がもらえるでしょ」

「そうですか……」

「って、私に訊かないで、お兄ちゃんに訊いてよ。大丈夫、七海ちゃんにならきっと、何でも答えてくれるから」

何も言えない七海は、食欲がわかないまま、サンドイッチを口の中に押し込んだ。

花帆に聞きたいことはまだある。だけど、これ以上真悟のことを訊ねるのは、危険すぎるだろう。

明日になればすべてわかってしまうことでも、今はまだ、隠しておきたいから。

それから七海が皿の上のサンドイッチをすべて平らげるまで、二人の間は無言が続いた。


花帆とは店の前で別れた。

別れ際、花帆は「またね」と言ったが、七海は「じゃあ」としか返せなかった。もう会うことはない。

「上手く笑えていたかな」

意識的に笑っていたつもりだ。だが、顔が引きつっていてもおかしくはない。

真悟と連絡がつかない嘘に、明日まで花帆が気づきませんように。

そんなことを考えているうちに駅に着いた。

ホームで電車を待つ間、七海はスマホで天気予報をチェックする。明日の天気が気になった。

もうすぐ電車が到着するというアナウンスが流れると、七海はコートのポケットにスマホをしまう。右側から、電車のライトが見えた瞬間――。

ドンッと、背中に強い衝撃《しょうげき》を感じた。

自分の意思に反して、七海の身体は線路の方へと動く。

抵抗するすべもなく七海が恐怖に目をつむると、左手に強い衝撃を感じた。

「危ない！」

七海の手をつかんでいる男性の額に汗が浮かんでいた。

そのときホームに電車が入ってくる。電車は通常通りに停止した。

助かった、と思ったら、立っていられないくらいの震えがやってきた。

「あの……大丈夫ですか？」

男性は扉の開いた電車の方を気にする様子を見せながら、七海のことも気にかけていた。

「だ、大丈夫です。……ありがとうございました」

この男性がいなければ、七海は今ごろ線路に転落して、電車にひかれていただろう。

「どうぞ、乗ってください」

仕事中なのか、男性は七海のことを心配そうにしながらも、電車の方に足を踏み出す。

が、乗り込む直前、七海の耳元で囁《ささや》いた。

訊き返す前に男性は電車に乗り、扉が閉まる。

電車は何事もなかったかのように、また走っていった。

足の震えが止まらない七海は、よろよろと壁際のベンチに腰を下ろした。

足だけでなく、手も震える。いや、全身が震えていた。

『誰かが押したように見えました』

助けてくれた男性はそう言った。嘘ではないだろう。七海の背中には、誰かの手のひらの感触が残っている。

「誰が……？」

何人かの顔が浮かぶ。そのとき、コートのポケットの中で、スマホが震えた。登録していない番号からの電話だった。

出るか悩んだが、非通知ではなかったため、七海は「もしもし」と応答した。

「余計なことをするな」

誰？　と思ったら「あんた、さっき店に来ていただろ」と言われる。

声からして、Colorphoniのオーナーだとわかった。どうやら店の中にいて、七海が店内を覗いていたことに気づいていたらしい。

七海はホームの左右を確認する。視界には、オーナーの姿はない。だが、電車が過ぎてからすでに五分は経過している。別の場所に移動するには、十分な時間があったはずだ。

震える手を必死に止めようとしながら、七海は電話を続ける。

「どういうことですか？」

「どうもこうもない。これ以上調べるなということだ」

「でも──」

「回収されたんだ」

「え？」

「わかったな。終わったことなんだ」

そう言うと、電話は一方的に切られ、何度かけなおしても出てはもらえなかった。

四日目　月曜日

　目を覚《さ》ますと、七海《ななみ》は頭痛を感じた。ここ三日ほど、すっきりとした朝を迎《むか》えていない。身体《からだ》は常に重く、疲れが抜けない。心当たりはいくらでもあり、その最たるものは、睡眠不足だ。ただ、緊張と興奮のせいか、眠気はほとんど感じていなかった。それでも身体に不調が表れるのは、この生活に小さくないストレスを感じているのだろう。

　カーテンを開けると、街灯が静かな車道を照らしていた。時計の針は午前五時半をさしているが外はまだ暗く、もうしばらく朝日は拝《おが》めそうにない。ベッドの上にいる真悟《しんご》は、今朝《けさ》も動いた様子はなかった。謎《なぞ》の侵入者は、どうやら家の中に入っては来なかったらしい。相手の目的がつかめない不気味《ぶきみ》さはあるが、今日一日のことで頭がいっぱいで、七海には他のことを考える余裕はなかった。

「おはよう」

　二人だけで過ごしていると、この時間がずっと続くのではと錯覚《さっかく》しそうになる。でも、真悟と一緒にいられるのも今日が最後だ。

真悟は日に日に変化している。生きている人も変化はするが、真悟のそれは、七海とはスピードも意味合いも違う。

水分が失われた肌《はだ》。変色する皮膚《ひふ》。顔立ちも、街で通りがかったら気づかずすれ違ってしまうくらいに、別人のようだ。骨格は変わらないのに、肉付きの変貌《へんぼう》は著《いちじる》しい。

それらがすべて、死後の変化によるものだということはわかっているが、自分との距離がどんどん開いていくことを、素直に受け入れられるわけではなかった。

「ごめんね」

謝ってから、七海はスマホで真悟の写真を撮った。

できれば、もう少し時間が欲しい。でも、いつまでも真悟をこの状態にしておくわけにはいかない。それに、あと一日、二日でどうなるものでもないだろう。七海の手で、すべてをはっきりとさせるには、数週間……いや、数か月必要になるかもしれない。そんなに長い間、真悟をここに置いてはおけなかった。

七海はカーテンを閉めて、まじまじと真悟の顔を見た。

「行ってくるね」

そう声をかけてから、七海は部屋の電気を消して、一階へと降りた。

この家も今日で最後だと思うと、名残惜《なごりお》しい。本当なら今ごろ、新婚生活を送っていた。

感傷的な気分を振り払うように一度深呼吸をしてから、七海は仕事場のパソコンを立ち上げる。メールソフトを開くと、未読のメールが一件あった。夜中に受信していたようだった。

　受信したメールを開いて読んでいくうちに、七海の覚悟が決まる。

　感傷的になどなっている場合ではない。残された時間が短いなら、最初に決めたことをやり切るしかない。

　七海はパソコンの電源を落とし、家をあとにした。


　いくつかの電車とバスを乗り継ぎ、自宅を出てから五時間ほど揺られて、七海は門の前に立っていた。

「ここ……か」

　函館《はこだて》少年刑務所。真悟の父親が服役《ふくえき》している所だ。少年刑務所といっても、未成年の子どもばかりが服役しているわけではない。犯罪傾向の進んでいない大人の受刑者もいる。

　刑務所というから重苦しい雰囲気《ふんいき》を想像していたが、塀も低く、一部は柵《さく》越しに建物の中が見えるようになっている。だが少し視線をずらせば、ぐるりと高い塀に囲まれた建物もあり、やはりここは閉ざされた世界なのだと実感した。

　自分が生きていく中で、縁のない場所だと思っていたが、今の七海も他人事《ひとごと》ではない。少なくとも、真悟が亡くなったことを知りながら、婚姻届《こんいん》を出したことは罪に問われる。

　実は、婚姻届を提出したのは、服役中の真悟の父親に面会を申し込むことも目的のひとつだった。

真悟と過ごすためだけなら、わざわざ届を出さなくてもよかった。だが、受刑者と面会できる人は限られている。交友関係のなかった人間が突然行っても会えるとは限らない。だけど親族なら可能だ。そして土日に面会ができないため、七海は今日まで待った。

窓口で面会を申し込む。スマホなどの通信機器は預けなければならない。書面に面会相手の名前と、自分の名前を書いた。

面会の目的は『結婚の報告をするため』。これで上手《うま》くいくかはわからなかったが、特に怪しまれることもなく、七海は面会室へと案内された。

テレビドラマで見ていた部屋と、それほど違いはない。アクリル板で隔《へだ》てられていて、どちらのスペースにもイスがある。先に面会室へ通された七海は、真悟の父親が来るのを待った。

刑務官に連れられてきた男性を見たとき、六十四歳と聞いていた年齢より上に感じた。少しばかり曲がった背中と、艶《つや》のない肌に光のない瞳《ひとみ》。刑務所での生活に疲れている様子に見えた。

「初めまして」

「こちらこそ初めまして。真野《まの》七海さんだね？　いや、今はもう高辻《たかつじ》七海さんか」

真悟の父親は、疲れた表情とは裏腹に、張りのある声を出した。どうやら、外見から受ける印象ほど、くたびれてはいないようだ。

「あ……そうですよね。聞いていますよね」

七海の視線は、同室にいる刑務官の方へ向く。面会者が来ていると言われたときに、当然名前も伝えられたはずだ。

だが真悟の父親は「いや」と七海の想像を否定した。

「もちろん、直前にも知らされたが、それよりも前に、あなたの名前は、真悟から聞いていたから。お付き合いしている女性がいることも、結婚を考えていることも。何より、二人で写った写真を送ってきてくれたからね」

「……そうですか」

写真まで送っていたというのは、恥《は》ずかしい気もしたが、これで七海が真悟の結婚相手ということを、説明する必要がなくなったのは助かった。

「改めて名乗るのもおかしな感じはするが、高辻康久《やすひさ》です。こんな場所で挨拶《あいさつ》をすることになるとは、思っていなかったけど」

落ち着いてよく見れば、顔立ちも背格好も、康久は真悟によく似ている。いや、真悟が康久に似ている。真悟も生きていれば、三十年後くらいには、康久のような雰囲気の男性になっていたのだろうと思った。

「今日は一人で?」

「はい」

「真悟は忙しいのかな?」

普通なら、真悟と一緒に来るだろうから、その質問はされると思っていた。だから事前に用意していたことを答える。

「ちょっと、ここへ来られる状況ではなかったので」

「仕事が忙しいのなら、それは何よりだ」

案《あん》の定《じょう》、康久は七海が期待した通りに解釈してくれた。

「それにしても、ありがとう。こんな……こんな場所に父親がいるとわかっていて、真悟と結婚してくれるなんて、本当に、なんと言っていいやら」

ありがとう、と繰り返す康久に、後ろめたさを感じる。まさか、息子の死後に婚姻届を出したとは思うわけがない。

それも、この面会にこぎつけるために、婚姻届を提出したことを知ったら、どんな反応をするだろうか。

罪悪感はあったが、すべてを明らかにしたい七海にとっては、その胸の痛みを無視することは難しくはなかった。

「今日は、お訊《き》きしたいことがあります」

「私に？」

「はい」

七海の声が固くなったことで、大切な話が始まることは伝わったらしい。康久の身体が、わずかにアクリル板の方に近づいた。

「ハチミツのことです」

「……え？」

「知っていることを教えてください」

「いきなり……何を」

突然訊《たず》ねたのは、康久の反応を見たかったからだ。ハチミツと聞いて、わずかではあるが康久は動揺を見せた。

付け入るスキはあるはずだと、七海は注意深く相手の反応をうかがう。

「何があったのか、教えてください」

「俺《おれ》は何も知らないよ」

「そんなわけがありません。あのハチミツは五年前、あなたがここへ入る前から売られていました」

普通に考えて、心当たりがなければ、どんなハチミツか？　どこで売っているのか？　などと訊ねるだろう。写真も現物もない状態なのに、説明がいらないということは、お互い同じものを認識しているからに違いない。

康久は同室に控《ひか》えている、刑務官の様子をうかがうように一瞬首を動かした。

「……真悟に訊けばいい」

抑《おさ》えた声音は、アクリル板を隔てていると聞き取りにくい。七海は会話にすべての神経を集中した。

「真悟さんには訊けません」

「どうして？」

「私は――事件のことも、話して欲しいからです」

もちろん、康久の事件のことだ。これに関しては、真悟が知らないこともあるのではと、七海は考えている。康久が応じてくれるかは賭《か》けでもあった。

「そんなものは、裁判記録でも見てくれ」

「そこに真実があるのなら見ますけど、違うのではないですか？　私は、本当のことが知りたいんです」

「何が言いたい」

事件のことをもう思い出したくないのか、康久は苛立《いらだ》っていた。

七海は心の中で、落ち着け、落ち着け、と言い聞かせながら、アクリル板を睨《にら》むようにして向き合う。

「本当は真悟が、記者を殺したんじゃないですか？」

「何をバカなことを。真悟はそのとき、海外へ行っていた。そんなことは調べればすぐにわかる」

光輝《こうき》も同じことを言っていた。やはりそこは嘘《うそ》ではないらしい。事件のことが書かれている新聞を集めていたのは、どう報道されているかを知りたかっただけのようだ。

ただそれも含めて、七海はずっと引っかかるものを感じていた。

「でも、事件とハチミツのことは関連していますよね？」

「さっきから何を言っているんだ」

今度は、康久に動揺は見られない。ただ、先にハチミツの話題を出していたから、身構えていた可能性はある。裁判を乗り越えてきたことを考えれば、七海の追及程度では揺るがないのかもしれない。

だから七海は、ずっと康久に投げつけようと思っていたセリフを言うことにした。

「私にとっては大切なことです。それによって――妹が死にましたから」

「バカな！」

それまで見せていた余裕が吹き飛んだ康久は、アクリル板を破らんばかりの勢いで七海の方へ近づいた。

「本当です」

「そんな話は聞いていない」

「ええ、乳児ボツリヌス症《しょう》と診断されたので、報道はされなかったと思います」

ホッとしたのか、康久の肩から力が抜けた。

「乳児にハチミツを与えてはいけないことを、知らなかったのか？」

「与えようとしたわけではありません。テーブルの上にこぼれたハチミツを、誤《あやま》って舐《な》めてしまったんです」

「そうだとしても、一歳にならない子どもがいるなら、注意しなければならなかったことだろう?」

「そうですね。ただ、乳児ボツリヌス症は、乳児がハチミツを摂取《せっしゅ》したら、確実に発症するわけではありません。確率的には非常に低いです」

「その少ない確率に該当《がいとう》してしまう人がいることも事実だ。運が悪かったとしか言えない。……気の毒だとは思うけど」

妹が死んだことは可哀《かわい》そうだけど、自分たちには関係がない。康久はそう言っていた。

「もう、帰ってもらえるかな。あとはここを出たときに、ゆっくり聞かせてもらうから」

まだ話を終わらせられない。

腰を浮かせかけた康久に、七海は一番大きな爆弾を投下するしかなかった。

「お義父《とう》さんに、結婚以外にも報告しなければならないことがあります」

「何だ?」

「真悟さんは、亡《な》くなりました」

康久は最初、何を言われたのか、意味がわからない様子で、「え?」と、口を開けている。

だが七海が、もう一度「亡くなりました」と言うと、康久は唇《くちびる》の端を震わせて、強い動揺を見せた。

「な……何を言って……」

「嘘ではありません」

もちろん、真悟の死を証明することはできない。今朝、スマホで写真を撮ってきたが、面会前に預けなければならなかったし、死亡届も出していないからだ。

でも、誰《だれ》よりもそれが真実だと知っている七海は、「あとで、花帆《かほ》さんから連絡がいくと思います」と続けた。

「私の言葉が信じられなければ、それで構いません。ただ、ここに彼がいないという事実がすべてです」

「いや、でも……もしかして、君が？」

——殺したのか？

そう、康久の唇が動いた。七海はすぐに首を横に振った。

「私は何もしていません。そして今はそれを証明することはできませんが、あとで私が嘘を言っていなかったことは、わかると思います」

康久の瞳が、混乱しているのか、細かく揺れている。

「いくら何でも、そんなことを信じろというのは無理がある」

信じられないというのも当然だし、仮に死亡を証明するものを目にしたとしても、信じたくはないだろう。

康久は頭を抱えて「嘘だ」とつぶやいた。

だが、七海が何も言わずにいると、やがて康久は困惑した様子で顔を上げた。

「いったい、君は何を……」

すべてを受け入れたわけではなさそうだが、康久は気味が悪いものを見るように、七海の方に視線を向けていた。

「言いましたよね。私は、本当のことが知りたいんです」

※

看護学校を卒業して病院に就職してからも、七海は実家に住んでいた。母の再婚によってできた父親とも関係は悪くはなく、何より、半分だけとはいえ血のつながった幼《おさな》い妹の美琴《みこと》が、目に入れても痛くないほど可愛《かわい》かったからだ。

美琴がぐずると、七海はすぐに抱っこした。笑っていても可愛いが、泣いていても可愛い。あくびをしても、ミルクを飲んでいても可愛かった。ふわふわでふにゃふにゃな美琴は日々成長し、七海が近づくと笑顔を見せてくれるようになる。そうなるとさらに七海は、それまでスマホやテレビに費《つい》やしていた時間を、美琴にささげるようになった。

生後六か月になると、美琴も座れるようになり、遊びのバリエーションが増えた。七海が布製の柔らかな積み木を積み、美琴が崩《くず》すという遊びがお気に入りだった。

「そうやって遊んでいると、七海の子どもみたいね」

母にそう言われると、七海は決まって「うん、私の子にする」と美琴を抱きしめた。

実際、二十二歳も年齢の離れた美琴と一緒に出掛けていると、七海の子どもと間違われることは少なくなかった。

若い母親だと思われることに抵抗を感じないほど、美琴の存在は可愛く、仕事でミスをして落ち込んで帰ってきても、それを忘れられるくらいに癒《いや》されていた。

「そんなに子どもが好きなら、七海も相手を見つけて、自分で産めばいいのに」

「別に、特別子どもが好きなわけじゃないし。美琴だから可愛いんだもーん」

給料が出れば、毎回服やおもちゃを買い、母親に窘《たしな》められることもあったが、それまでずっと一人っ子で育った七海にとっては、美琴は特別な存在だった。

「まあ、私もこの年齢になると、七海のころのようには子育てできないから、人手があるのは助かるけどね」

四十三歳で第二子を出産した七海の母親は、夜泣きの始まった美琴の世話に疲れを隠せない。

「もっと、忠明《ただあき》さんに頼ればいいのに」

「そうは言ってもねえ」

四年前、再婚した忠明は、七海にとっての義理の父親にあたるが、すでに十八歳になっていた七海には、お父さん、と呼ぶことに抵抗があったため、名前で呼んでいる。

「忠明さんも仕事、忙しそうだしね」

「そうなのよ。帰ってくると、ぐったりしているでしょ。ここ最近、相次《あいつ》いで人が辞めたから、かなり負担がかかっているみたいなのよね」

実際、七海の目から見ても、忠明が疲れきっているのはわかる。早朝から深夜まで働いている状況を見ていると、頼りにくいというのも理解できなくはなかった。

「いいよ。仕事がないときは、私が美琴を見るから」

心の底から美琴を可愛がっていた七海にとって、自然に出てきた言葉だった。


『その日』は、突然やってきた。

インフルエンザが猛威《もうい》を振るっていたころ、七海の職場も他人事ではなく、欠勤者が相次いだ。誰かが休めば、誰かがそれをカバーしなければならない。七海は夜勤明けにもかかわらず、そのまま日勤もこなした日だった。夜勤のときも仮眠を取れないまま日中も働いたため、さすがに帰ったときは、目を閉じたらすぐにでも寝られるくらい、疲れていた。

七海がリビングへ行くと、美琴がぐずっていて、母親がぐったりと疲れをにじませていた。

「今日はずっとご機嫌《きげん》ナナメで、買い物に行ったときもわめいて。何とかなだめていたら、トイレットペーパーを買い忘れちゃった」

美琴が一歳になるまで育児休暇を取得中の母親は、日中、不機嫌が続いていた美琴の世話に追い詰められた様子だった。七海も疲れているが、自分のほうが若くて体力がある。母親を休ませてあげなければ、と思った。

「お母さん、少し横になったら？」

「ううん、別に身体が疲れているわけじゃないの。ああでも、お風呂に入りたい。昨日《きのう》もシャワーを浴びただけだから、湯船につかりたい」

「だったら、お風呂に入ってくれれば？」

「ありがとう、そうする。あ、七海の夕飯、台所に置いてあるから」

一晩七海がいなかっただけなのに、母親は十年分くらいの疲れを抱えながら、風呂の方へと歩いていった。

新生児のときとは違い、今の美琴の泣き声には力強さがある。何が気に入らないのか、どうして泣いているかはわからないが、とにかく不機嫌であることを、全身全霊で主張していた。

「はいはい、今日はご機嫌ナナメの日なんですねー」

ダイニングのテーブルにつけるタイプの赤ちゃんイスに座っている美琴は、背中をのけぞらせて泣いている。

七海が抱き上げて背中を軽くポンポンと叩《たた》くと、一瞬、ん？　と言いたそうな顔をしたが、やっぱりまた泣き始めた。

「いったいどうしたの？」

美琴に語りかけるときだけ、声が自然と優しくなる。だがこの日は、七海も疲れていて、あまり余裕はなかった。

「一緒に寝ようか？　お布団《ふとん》は気持ちいいよ」

もちろん大人の都合に合わせてくれるわけもなく、美琴は泣き続ける。しばらく抱っこしたり、おもちゃを渡してみたりしたが、効果はなかった。

「お腹《なか》すいた……」

美琴の機嫌をとることを諦《あきら》めた七海は、母親が用意してくれた夕飯を食べることにした。再び美琴をイスに座らせ、電子レンジから出した生姜《しょうが》焼きを口に運んだ。

「おいし……あ、美琴！　イタズラしないで」

美琴は目についた物を手あたり次第《しだい》つかんでは、テーブルの下に落としていた。今は醤《しょう》油《ゆ》さしに手を伸ばしていて、油断も隙《すき》もあったものじゃない。

「いろいろできるようになったのは嬉《うれ》しいけど、あんまり暴れると、お母さんが大変だよ」

日中ずっと一緒にいたら、いくら可愛くても、疲れるだろう。

「あー」

抗議なのか、同意なのかはわからないが、美琴はあーとか、うーと、声を出した。

「はいはい。美琴にも言い分はあるよね」

あと数年もすれば、美琴と会話もできる。そしていつか、一緒に食べ歩きなどに行き、好きな子の話をするのを想像すると、楽しみで胸がわくわくした。

「やっぱり、可愛いなあ」

泣いていようが、怒っていようが可愛いと思ってしまうのだから、もうどうにもならない。

この顔もカメラに収めておきたいと思った七海は、美琴にスマホを向けた。

「あー、ヤバい。美琴でデータがいっぱいになる」

夜勤明けの日は、風呂に入ったらすぐに寝る。だから、あまりたくさん食べると危険だと思いつつ、仕事終わりの解放感から、ついつい冷蔵庫に手が伸びる。せめて、少しでもヘルシーなものをと、七海は冷蔵庫からヨーグルトを取り出した。

「冷凍のフルーツは切らしているし……あれ？」

食卓のテーブルの端に、見慣れないハチミツの瓶《びん》が置いてあった。

「お母さん、いつ買ったんだろう」

今日、買い物に出かけたと言ったからそのときだろうか。よくわからない外国語が書かれたラベルが貼《は》ってあった。裏側には日本語の表記がある。高辻物産という会社が輸入したハチミツだとわかった。

日ごろから、ダイニングテーブルに上がっているものは、食べていいと言われている。瓶の蓋《ふた》は固く、まだ新品のようだった。

「食べちゃおう」

プレーンヨーグルトの上に、新しいハチミツをかける。蓋をしようとしたとき、七海の手が滑《すべ》った。

「あー！」

そのハチミツは、普段使っていたものよりも緩《ゆる》かったせいか、転がった瓶から流れ出てしまった。半分くらいが、テーブルの上にこぼれた。

「拭《ふ》くもの持ってこないと！」

被害を最小限に留《とど》めるために、七海はキッチンの方へ行く。台拭きを水で濡《ぬ》らしていると――。

「ちょっと、美琴！　ダメ、それ触らないで！」

チェアから短い手を伸ばして、こぼれたハチミツを手にしている。初めて触れる感触のせいか、それまで泣いていた美琴が、きょとん、と不思議そうな顔をしていた。

「それ、食べちゃダメだからね」

七海がそう言った瞬間、美琴の手は口の中にあった。七海は急いで美琴に駆け寄った。

「手を出して」

無理やり引きはがすと、美琴は火が付いたように大声で泣いた。

「食べたの？」

七海が問いかけても、美琴が答えるわけがない。ただ、すぐに手を洗い流して抱きしめると、安心したのか、その声は小さくなった。

だが七海は、どんなに力強く抱きしめても、自分の震えを止めることはできずにいた。

どうしよう、大丈夫かな、何事もないといいけど。

そう思っていた三日後、美琴の体調に変化が起きる。七海の不安が形になった。

※

「症状が出てからの進行は早く、妹の容態《ようだい》はどんどん悪化していきました」

康久は黙って七海の話を聞いていた。

「乳児ボツリヌス症と診断《しんだん》され、私も医師の診断通りだと思っていました。四年間は」

妹が亡くなったのは五年前。つまり七海は一年前から疑いを抱き始めた。

「きっかけは、そのときたまたま報道された、異物混入のニュースです。それを聞いたとき、ふと、ハチミツに何か入っていたのではないかと思いました」

「でも医師の診断があった以上、それが正しいだろう」

「そうですね。ただ私には、ずっと引っかかっていた言葉があったんです」

康久の眉《まゆ》がピクリと上がる。

「言葉？」

「妹を診察していた医師が〝ちょっと早いよな〟と言ったんです。状況的に、病状の進行のことを言っているのだと思いました」

「別の意味だったかもしれない」

「いえ、私も病院に勤務していますから、その辺のことはわかっているつもりです」

康久は納得こそしてはいない様子だったが、反論はしてこなかった。

「ただ、患者さんによって、同じ病気でも症状の進み方は異なります。急激に悪化する人もいますから、そのときは、医師の言葉を深く受け止めませんでした。いえ、受け止めるだけの余裕がありませんでした。でも冷静になってみると、私も言葉にできない違和感を覚えました」

「具体的には？」

「本当に些細《ささい》なことです。発症する直前の、妹の行動や食事の量、睡眠時間といったことです」

もっともそれは、今日は機嫌が悪いのね、と思うくらいのことで、ハチミツを舐める前でもあったことだ。だから言葉にすることが難しい。

「でも、この違和感を解消する方法はないだろうと思っていました。調べようにも、家にあったハチミツはもう処分していたので、確かめようがありませんでした」

あの事故から、七海たちの家族は壊れた。

母親は七海を責めはしなかった。ただ絶望した顔で「自分が見ていれば良かった」と言った。

義父の忠明も七海を直接責めはしなかった。ただ、七海の母親と話しているところを、偶然聞いてしまった。「七海は、本当は美琴なんて、いないほうがいいと思っていたんだろうか」――と。

持って行き場のない悲しみと、ぶつけるところのない怒りが、そういった言葉になったことは、七海も知っている。そして七海の不注意だったことには違いない。

それに、七海自身が一番思っていたことだ。

あのとき、七海がハチミツを使わなければ。あのとき、七海が手を滑らせなければ。あのとき、七海が慌てずに対処していたら。あのとき、七海が美琴をイスから降ろしていたら。あのとき……あのとき……。いくつもの後悔《こうかい》が押し寄せて、七海は自分を責め続けた。だからもう後悔はしないようにと、この四日間過ごしてきた。

忠明の言葉は、致命傷《ちめいしょう》となって心をえぐったが、反論することはできなかった。

自分の居場所はないと思った七海は、家を出ることにした。東京を選んだことに深い理由はない。自分を知っている人がいない場所に行きたかっただけだ。

幸い、仕事はすぐに見つかった。病院に寮《りょう》があったため、引っ越しもスムーズにできた。悲しみが癒《い》えぬまま時間だけは流れ、気が付けば東京に住み始めて三年近くが経《た》ったころだった。

勤務先の病院に、真悟が運び込まれた。交通事故だった。入院は十日間程度だったが、全治二か月。不幸中の幸いは、後遺症の心配も少なく、事故を起こした相手方も誠心誠意謝罪していたことだろうか。それでも、出張中の事故に真悟はかなり気落ちしていた。

そんな真悟を担当することになったのが七海だった。同郷ということで会話も弾《はず》み、親しくなるのに時間はかからなかった。

とはいえ、入院中に個人的な約束を交《か》わすことはなかった。だから、お互いの連絡先も知らないまま、真悟は退院していった。だけど一か月後。診察で来院した真悟と会った。てっきり、地元の病院に通院しているものだと思っていたら、真悟は二週間に一度、飛行機に乗って東京までやってきていた。あとから、七海に会いたかったから、と聞いた。真悟の怪我《けが》が完治したころ、付き合うことになった。遠距離のため、会える機会は限られていたが、真悟は何度も東京までやってきてくれた。

出会ったときは、真悟は父親の会社を手伝っているとしか言っていなかったため、仕事のことは特に気に留めてもいなかった。ただ、異物混入のニュースを聞いたとき、七海の中で、何かがつながった気がした。でも、いくら考えてもそれが「何」かわからない。しばらくして、スマホを買い替えようと写真フォルダを見ていたとき、七海はあの日の夜の美琴と一緒に、ハチミツの瓶が写っていることに気が付いた。拡大すると、『輸入元高辻物産』と書かれたラベルが見えた。

そのときには、交際も順調に進み、真悟の仕事の内容、そして——会社名を聞いていた。七海の全身が震えた。それが悔しさなのか、怒りなのかはわからなかったけれど、知らなかったときと、同じ気持ちではいられなかった。

美琴の死からすでに四年以上が過ぎていた。今さら警察に駆け込んだところで、調べてもらえないことくらい、七海にだってわかる。

だったら、一緒に生活をすれば真実に近づけるのではないだろうか。

恋人らしく振る舞う必要なんてない。事実恋人なのだから。不思議なくらい、そこは開き直ることができた。だからプロポーズも受け入れられた。

　だけど、結婚を目前にして、状況が一変した。

「本当は、彼に直接問い質《ただ》したかった。でも、訊いても答えてもらえるとは思えない。……いえ、直接訊く勇気がなかったんです。だから自分で調べようと……結婚して真実を明らかにしようと思ったんです」

　七海の説明に耳を傾《かたむ》けていた康久は、「だからって」と言ったあとが続かなかった。それでもきっと、「だからって、そこまでしなくても」と言いたかったのだろうと、七海は推測した。

「有耶無耶《うやむや》にしたくないんです。時が過ぎてそんなことがあったのだと、忘れられることにはしたくないんです」

「仮に真実が明らかになったところで、それが妹さんとつながっている保証はどこにもない。それはどんなに調べても、永遠にわからないことじゃないのか？」

「わかっています。ただ、妹が今元気なら、こんなことはしていません」

　康久はしばらく考え込んでいたが、やがて小さな声で「回収しきれなかったんだと思う」と言った。

「異物混入を認めるんですか？」

「いや、私が確認したわけじゃない。ただ真悟が……」

「それを聞いて、あなたは何もしなかったんですか？」

「真悟が、自分が仕入れたものだから、自分で片づけると言っていたんだ」

「人の命がかかっているのに？」

「商品は主に道内にしか卸《おろ》していなかったし、扱う店舗数もそれほど多くはなかった。こう言っては何だが、相手にしてくれたのは、小さな店ばかりだから、飛ぶように売れるということもなかった」

「……でも買った人もいました。母は買ったわけではなく、知り合いから貰《もら》ったと言っていましたが」

「購入者全員にあたったが、中には連絡がつかなかった人もいたと言っていた」

会員カードに記載《きさい》されていたのは購入者の自宅の電話番号。そして、真悟から連絡が行ったとき、七海の母にハチミツをくれた人は、長期出張中で不在だった。

それから、そう時間が経たないうちに、康久が事件を起こした。

「事件がなければ……」

苦しそうに吐き出した康久は、七海に向かって頭を下げた。

「事件の対応に追われて、真悟はハチミツのことを考える余裕がなかったんだろう。時間が経つにつれて、真悟の中では終わったことになったのかもしれない」

「終わってなんかいません！」

反射的に、七海はイスから立ち上がっていた。同席する刑務官の視線を感じるが、興奮を抑えられない七海は、康久につかみかかりたいくらいだった。

でも透明な板が、それを許してはくれない。

「わかっている。商品を生産した国では少しは報じられたようだが、それもごく一部の話だったらしい。もともと生産量も少なく、生産した国でも広く流通していたというほどではなかったらしいから」

「どうして、そんな商品を……」

「真悟は、特別感を出したい、と言っていた。どこにもない物がいい、と。だがこのご時世、誰も知らない商品など、そうそうあるものではない」

だから、危険を冒《おか》したというのだろうか。誰かに取られる前に、自分が取り扱わないとならないと、焦《あせ》ったのだろうか。

「どうして、売り出す前に止めなかったんですか？　もっと、きちんと検査をしていれば、問題は起こらなかったかもしれないんですよ？」

今さら康久を責めたところで、何も変わらない。そうわかっていても、七海は言葉を止められなかった。

「そもそも、あのハチミツの輸入方法は違法ですよね？　なぜ通常の審査を受けなかったんですか？」

「仮に審査を受けていたとしても、異物混入が見過ごされるケースがないとは言えない」

「だからといって、審査を受けないのは違うと思います！」

反論の余地がないと思ったのか、康久は微《かす》かにうなずく以外の反応は見せなかった。

「せめて、問題があるとわかってから、真悟以外も回収に走っていれば……」

「申し訳ない。私も可能な限り対応したかったが、他の仕事に追われていて、真悟の件に関《かか》わる余裕がなかったんだ」

記者から問い詰められた脱税のことだろうか。

裏で、どのくらい康久が走り回っていたかは、七海には想像もできない。だが、実際は脱税ではなく、事件にならなくても会社の経営にとっては大きなことで、康久に頼れないと思ったただ、申告漏《も》れとのことで、何もなければ大きく報じられなかっただろう。

たから真悟は一人で動いた。その結果、後手に回ったとは考えられる。

そうやって、どうにか七海が自分を納得させようとしていると、康久が「それに」と言葉を続けた。

「真悟一人ではなかった。回収は光輝くんにも手伝ってもらっていた」

驚きすぎて、七海はすぐには言葉が出てこなかった。

だがそれが真実なら、今まで見てきたものが違う見え方をしてくる。最初から、何かが違っていたのかもしれない、と思った。

「ちょっと待ってください。どういうことですか？」

そのとき、刑務官が「面会時間の終了です」と言った。

電車とバスを乗り継ぎ、七海が家に着いたときには、日も暮れていた。

玄関のドアにカギを差し込むと、抵抗なくするりと動く。

今朝七海が家を出るとき、間違いなくカギをかけた。何度も確認したから間違いない。

玄関に見知った靴《くつ》がそろえて置いてあった。どうやら侵入者は隠れることをやめたらしい。

七海は迷わず真悟の部屋へ行った。

ドアを開け、光輝の姿を見ても、驚きはなかった。

「思ったより、早かったね」

光輝は振り返ることもせず、真悟のことを見ていた。

「急ぎましたから」

「訊きたいことは聞けた？」

コートは着ているが、自分の家かと思うくらい、光輝はくつろいでいる。ワイングラスを片手に、イスに深く腰を掛けている光輝の傍《かたわ》らには、この家のカギが置いてあった。

「カギはいつから？」

「いつだったかなあ？　結構前だから忘れた」

悪びれる様子もない光輝に、七海はムッとした。

「真悟から渡されたんですか？」

「まさか。自分で作ったよ。別に難しいことじゃない。俺がここで翻訳《ほんやく》している最中に、真悟がカギを置いて外出したことは、何度もあったから」

「昨日も一昨日《おととい》も、それを使って、この家のカギを開けたんですね」

光輝はまるで、今の今までその事実に気づかなかった七海をあざ笑うかのように、白い歯を見せた。

「雪玉は一緒にいたときに、置いただけだよ。あんなのはコートのポケットに入れてもすぐには溶けないいし、布団の上に軽く投げたところで、音なんかしないから」

カラクリがわかってしまえば、なんてことはない。むしろ、おびえていた自分が恥ずかしくなるくらいだ。

「何がしたかったんですか？」

「別に。俺はただ、さっさと警察に知らせたかっただけ。いつまで経っても親友が安らかに眠れないのは辛《つら》いから」

「ウソつき」

「どうしてそう思う？」

悲しみを涙で表現しない人はいるだろう。悲しければ悲しいほど、平静を装《よそお》う人もいるかもしれない。

だけど光輝はずっと、それとは違った。

「光輝さんは、真悟が死んだことを一度も悲しんでいません」

「それは、七海さんの行動に驚きすぎて、悲しむ余裕がなかっただけだよ」

「だったら今は？　今はもう、悲しんでいいですよ。約束通り、私はこれから警察に連絡しますから」

光輝は困っているのか、悩んでいるのか、眉間《みけん》にシワを刻《きざ》む。うーん、と唸《うな》りながら、背もたれに身体を預けて、腕を組んだ。

「悲しくないわけじゃないんだよ。七海さんには、そう見えないかもしれないけど」

そう言って、ワイングラスを口元に運ぶと、残っていた液体を一気に喉《のど》に流し込む。空《から》になると片手で瓶をつかみ、またグラスをワインで満たした。

「幼いころから比べられるし、同い年だからお互い意識するし、なんていうか、難しい間《あいだ》柄《がら》なんだよ。まあ、俺のことはいいよ。それより、知らないままでいたほうがいいこともあるって、俺、七海さんに忠告したよね？」

「女性関係のことですか？」

まさかあ、と光輝は笑う。

「あんなのは、ちょっと大げさに言っただけだよ。それで七海さんが早々に、警察に連絡してくれればいいと思って。過去に恋人がいたことはあったけど、トラブルになるようなことはなかったし。じゃなくて、いろいろ調べたんでしょ？　どうだった？　真悟の本当の顔を知って」

「本当の顔……」

「わからなかった？　強引な仕事をして、成果を焦るばかり、違法な手段で商品を売りさそれも確かに、真悟の一面だろうとは思う。その部分は、七海は真悟が生きているときに見ることはできなかった。

「そうですね。それも彼の顔だったんだと思います」

「それがアイツの本性。ずっと見てきた俺が言うんだから、間違いないよ」

確かに真悟は、自分の利益を優先して、強引な手段を使う面もあったのかもしれない。だけど七海には、やはりそれは一面に過ぎないような気がしていた。

「光輝さんはどうしてそんなに、真悟を恨《うら》んでいるんですか?」

「恨む? 俺が?」

ハハ、と光輝は乾いた声をこぼした。

「恨んでなんかいないよ。ただ、みんな真悟の演技に騙《だま》されて可愛がるんだ。使い分けが上手いから、人に合わせて好まれる態度を演じる」

光輝の本心がどこにあるのかわからない。もしかしたら光輝自身も、自分がどう思っているかをわかりかねているのかもしれない。ねじれた感情が、本当の気持ちを隠してしまっているようにも思えた。

だとしたら、妬《ねた》んでいるのだろうか。それとも――憧《あこが》れていたのだろうか。

その考えを口にしたら火に油を注ぎそうで、七海も追及できない。

アルコールの匂《にお》いが充満している部屋にいると、七海まで酔いそうになった。

窓を開けて、よどんだ部屋の空気を入れ替える。窓際に立ち、部屋の中を見ると、床にワインの空き瓶が転がっていることに気がついた。

光輝はどれくらい前からこの部屋にいたのだろうか。ダルそうに脚を組み替え、またグラスに口をつける。

「飲み過ぎですよ」

「大丈夫だよ。頭はハッキリしている」

「それは酔っぱらいの常とう句です」

ただ、酔ってはいるだろうが、口調はいつも通りだ。興奮状態で、本格的に酔えないのだろう。

光輝が真悟に語りかけるように顔を近づけた。

「手厳しい奥さんだな」

「真悟は、お酒強かったですよ」

「知ってるよ」

自分のほうが付き合いは長いと言いたいのか、光輝はあからさまに不機嫌な顔をした。

「一人だけケロッとしていたよ。真悟の親父《おやじ》さんと、俺の三人で宴会《えんかい》をしたとき、真悟が一番飲んだはずなのに、平気な顔をして瓶やコップを片づけていた」

ふーっと、深いため息をついた光輝は、テーブルの上に置いていた、水のペットボトルに手を伸ばした。

夜の外気は肌を刺すように痛い。七海は窓を閉める。ベッドを挟む形にして、光輝の反対側に座った。

「本当は、俺がこの会社に入るつもりだったんだ」

脈絡のない話に、七海はすぐには付いていけない。少し考えてから「それは、真悟ではなくて、光輝さんがということですか？」と訊ねた。

「そう。さっき、親父さんに会ってきたんだろ？　そのあたりのこと、なんか言ってた？」

「いえ、そこまでは……」

「もともとは、俺と真悟の父親たちが始めた会社だ。学生時代の友達だった二人がね」

「じゃあ、光輝さんのお父さんが亡くなったあと、会社の権利はどうなったんですか？」

「俺、当時九歳だよ？　知るわけない」

「そうですね……」

「俺の母親と、真悟の父親がどういう話し合いをしたのかはわからないけど、かなり生活の面倒を見てもらったことは聞かされた。学費の援助もしてもらった。真悟とは小学校は違ったけど、親父の死後、真悟の父親が運動会とかにも来てくれたりして、親子と間違われたことは、何度もあった」

そうなれば、光輝が真悟の父と一緒に働こうと思うのは自然かもしれない。

「ただ、俺が大学を卒業するころ、あまり会社が上手くいってないからって、他に就職したほうがいいと言われたんだ。真悟もね」

「でも、数年後に真悟はお義父さんと働いていますよね」

「そう。どうやら、嘘だったみたいなんだ」

「嘘？　会社の業績が良くないということがですか？」

「ああ。真悟に、すぐに入社させなかったのは、他の会社で経験を積んで欲しかったから。そして最終的に自分の息子に会社を継《つ》がせたかったから。でも、その息子がやらかしたことを、記者に知られたんだ」

さらりと付け加えられた一言に、七海は衝撃を受けた。

「ハチミツの死亡事故……」

「そう。そして記者が接触してきたってわけ」

「真悟のお義父さんに……」

「違う」

何がどう違うのか、七海には理解が追い付かない。

会話の中に隠れている言葉を探そうと、必死に思考を巡らすが、答えが見つからない。

七海が悩んでいると、光輝はイスから立ち上がった。

「真悟のお義父さんは身代わり」

「身代わり？」

誰が誰の身代わり？

それ以前に、何のための身代わりというのだろう。

ただ、光輝の表情から、冗談《じょうだん》ではなさそうということだけは理解できた。

「わからないだろうなあ」

バカにしているというよりは、優越感に浸《ひた》っているという態度だ。光輝は自分だけが知っている事実を楽しんでいる様子だった。

「息子がもう、死んでいるって知ったら、真悟の親父さんは、刑務所にいるなんて馬鹿らしいと思うだろうね。だって息子の件を黙っているって代わりに、身代わりで出頭したんだから」

「息子の件を黙っている？　えっと……ちょっと待ってください」

光輝が本当のことを言っているのであれば、康久は身代わりで、服役しているということになる。だが、真悟はそのとき国外にいた。そしてその場にいたのは……。

次々に浮かぶ考えに、七海の頭の中が混乱する。だが、一つだけ、すべての条件を満たす答えがあることに思い当たった。

「もしかして……」

いやでも、と口をつぐむ。

「ここには、俺たちしかいないんだから、思ったことを言いなよ」

光輝は七海の反応を見るのが愉快らしく笑っている。手の上で踊《おど》らされていることに腹は立ったが、それ以上にたどり着いた答えに衝撃を受けていた。

「記者を殺してしまったのは、光輝さん……？」

「正解」

「どうして？」

「あの記者、最初は俺のところに話を聞きに来たんだよ。同じ会社にいるヤツよりも、話すと思ったんじゃないかな。周りから情報を得て、固めていこうとしたみたい」

「でも身代わりなんて、そんなことできるわけが……」

「できるんだよ。死人に口なしだから」

「警察が調べ――」

「調べた結果が、今の状況」

七海の言葉を遮った光輝は、薄く笑った。

「でもまあ、しょうがないよ。俺がどんな状況になってもいいように保険をかけたから。記者と会った場所は、今はもうないけど、会社が借りていた倉庫のすぐそばを俺が指定したんだ。だから、もみ合いになったときには、真悟の父親もすぐそばにいたってわけ。カメラで撮影していたわけでもないし。警察に出頭する前に、入念に話を合わせられたよ」

確かにそれなら、自分がしたように言うことはできるのかもしれない。もちろんそれは、入れ替わる相手にも同じことが要求されるが、光輝は罪から逃れられると思えば、やり遂《と》げるだろう。

「記者の遺体をどうするか。それこそ最初は、遺棄《いき》しようとも考えたけど、結局無理という結論に至った。ちなみに、このとき真悟の父親が遺体の処理方法を検索していたから、取り調べのときにスマホを調べられて、クロと信じられたのかも」

「……光輝さんはそのとき、何をしていたんですか？」

「別に、特に何も」

だって、真悟の父親が全部やってくれたし、と、それが当然と言わんばかりの態度だ。

「ちなみに、これを知っているのは七海さんで三人目」

当事者二人は当然知っている。七海で三人目となると……。

「ってことは……真悟も？」

「そ、知らないまま逝《い》った」

「どうして私に教えたんですか？」

「真悟の代わりかな。いつか、何かのタイミングで言おうかと思っていたんだけど、もうそれもできないから」

真悟に恨みがあるのに、会社にこだわる理由がわからない。離れてしまえば楽になると思うが、恨みが募《つの》って離れられないとすれば、七海にも理解できなくはなかった。

「光輝さんは、真悟と一緒に働きたかったんですか？」

「いや、一緒は勘弁」

「でも、翻訳は手伝っていましたよね？」

「んー……まあねえ」

スマホを出した光輝は、メールのチェックでもしているのか、画面を凝視《ぎょうし》している。

いくつかの操作をしたのち、スマホをコートのポケットにしまった光輝は、ワインを瓶に半分くらい残した状態で栓をする。ペットボトルの水に、何度も口をつけていた。

「本当は翻訳だって、手伝いたくなかったよ」

「じゃあ、どうして？」

ハッと、吐き捨てるように息を吐いた光輝は、「決まってるだろ」と荒く言い放った。

「いつか、俺がこの会社をめちゃくちゃにしてやろうと、思っていたから」

「――え？」

七海は耳を疑った。

「でも、一緒に働きたいわけじゃないって……」

「そうだよ。俺には嘘をついて関わらせなかったってことが、面白くないんだ。真悟の親父さんは、俺のことは息子同然だって言っていたし、俺のほうが英語ができるのに、結局は実の息子に譲《ゆず》るから」

息子同然と、息子では違う。ただ客観的にはわかることでも、子どものころから「息子同然」と接してもらっていたのなら、真悟と張り合う気持ちも、理解できなくはなかった。

「会社に関しては、私にはわかりませんけど……光輝さんのお父さんが亡くなったときに、清算しているのでは？」

七海がそう指摘すると、光輝は子どものような不貞腐《ふてくさ》れた表情を浮かべた。

「だったら、俺に翻訳を頼まなければいいんだよ」

「そんなにやりたくなかったのなら、引き受けなければ……」

「うるさい！」

光輝は顔を真っ赤にしていた。

「だから言っただろ！　いつか、俺の手でめちゃくちゃにしてやるんだって」

気に入らないオモチャを放置していたけど、取られるのは面白くないということだろうか。子どもじみているが、子ども時代を拗《こじ》らせた結果かもしれない。

七海には過去のことが絡んでいるという想像はできても、光輝の心の中を完全に理解するのは難しそうだと思った。

「俺が警察に捕まったら、本当の理由を話してしまう。でも息子可愛さに、そのことは隠ぺいしたかった父親は罪を被《かぶ》ることにしたんだ」

「そんな……」

「脱税疑惑もあったし、事故であるのは本当だったから、上手く逃れちゃったんだよ」

「光輝さんは、それで良かったんですか？」

「そりゃ、刑務所には行きたくないしね。罪を被ってくれるというのなら、俺はそれに従うよ」

自分の下した結論に、一抹《いちまつ》の迷いもないのか、光輝はすがすがしい顔をしている。

「光輝さんにとって、真悟はそこまで憎むべき存在だったのですか？」

七海はこれを知ることで、真悟の本当の部分に近づけるのではないかと思った。だが、光輝は七海の質問には答えない。まるでその質問が聞こえていないかのように、口を開く様子はなかった。

記者がハチミツの件をかぎつけなければ、今ごろどうなっていたのだろうと思う。

「どうして真悟は、一度は終わったハチミツのことを、調べなおそうとしたんでしょう」

「きっかけについては、俺も知らない。ある日突然言い出した」

「いつごろのことですか？」

光輝は過去の記憶を探るように、視線を少し上にあげる。

しばらくそうしていたかと思うと、何か思い出したのか、「あっ」と短く声を漏らした。

「骨折が治ったくらいのときだ」

「――え？」

「東京で怪我をして入院したころ」

七海の身体が震える。全身の血液が物凄《ものすご》い速度で流れていくような感じがして、息苦しさを覚えた。

自分は何か大きな間違いをしていたのではないだろうか。

真悟はすべてを知ったうえで、結婚を決めたのだろうか。

そのために、ハチミツのことを調べ始めていたのだろうか。

でも、もしそうならどうして……。

「それについては、本当に俺も知らないよ。俺としても、掘り返したいことではなかったから。二人でもっと、話したほうが良かったんじゃない？」

光輝はベッドの方を見た。

「ま、もう無理だよね」

そう言った光輝は、イスから立ち上がり、部屋から出ていく。

隣の部屋でごそごそと音がしたかと思うと、すぐにヒーターを抱えて戻ってきた。

「何をしているんですか？」

「七海さん震えているし、この部屋のヒーターは使えないから、隣の部屋のものを持ってきたんだ。どうせもう、警察に連絡するんだから、寒いところにいる意味ないし」

通報すれば、警察もすぐにやってくるだろう。遺体に関しては、あと一、二時間、暖房をつけたところで、大きな問題はないかもしれない。

光輝がヒーターのスイッチを押すと、すぐにボッと音を立てて小さな小窓が赤く灯《とも》る。

吹き出し口から、暖気が勢いよく出てきた。

「なかなか真悟に会わせてもらえなかった俺が、この部屋に入って遺体を見つけて通報したってことにするよ？」

「それは、別に……」

光輝から聞いた話に引っかかるものはあったが、真悟の遺体を放置したことに関しては、七海が始めたことだ。

ドアの前に立った光輝は、「最後くらい、二人きりにさせてやるよ。俺はもう、十分真悟と話したから」

　そう言って、光輝は空の瓶とグラスを持って部屋から出ていった。

　ドアを隔てた向こうで、光輝が何か話し始める。階段を下りながら電話をしているのか、その声が少しずつ遠ざかっていく。

「ねえ、私のこと、いつから気づいていたの？」

　最後の最後に、光輝に爆弾を落とされた。

　真悟がハチミツのことを再び調べていた理由。それと七海の妹のことを、どこまで知っていたのか。

　今さら、ハチミツのことを警察は調べないだろう。何より、真悟が美琴と七海を結び付けて考えていたかまでは、調べたところで、わかりようがない。

「結局、私は真悟のことを知らないままだね」

　そう言った瞬間、七海は一つの可能性に気づいた。

　美琴がハチミツによる死亡かどうかは、不明のままだ。だけど今、他に被害者が出たら、警察も動くに違いない。それを、過去のことと結び付けて捜査してくれるかはわからないが、何もしなければ美琴の死は「なかったこと」になってしまうのだ。

　警察が来る今が、最大のチャンスかもしれない。

　暖房が効《き》き始め、室内が温かくなってくる。急激な温度変化のせいか、頭痛がして、汗が出てきた。

七海はコートをイスにかけて、クローゼットの扉を開ける。箱を取り出した。――が、中にはあるはずのハチミツの瓶が入っていなかった。

「ええっと……」

一瞬、七海の記憶違いかと思った。何度か出し入れをしていたため、ハチミツだけどこかに出しっぱなしにしていたのではないかと思ったからだ。

だが、すぐにそんなはずはないと考え直した。七海は昨夜、クローゼットにしまっている。

七海のスマホがコートのポケットの中で呼び出し音を鳴らした。

電話に出なければ。

だけど、頭が痛くて思うように動けない。頭痛はどんどんひどくなっていく。

立っているのも辛い。呼び出し音は、七海を急《せ》かすように鳴り続けているが、徐々に音が遠のいていく。

意識が消えそうになったとき――。

「七海ちゃん！」

ドアが開いた。花帆が心配そうな顔で部屋に飛び込んできた。

七海の頭がズキズキと痛む中、これまでの記憶が光の速さで巡る。ヤバい、と瞬間的に思った。

「花帆さん、窓！」

「え？」

「開けて！」

七海が叫《さけ》ぶと、花帆が窓を全開にする。七海はヒーターのスイッチをオフにしてから、ヨロヨロと窓の外へ顔を出した。

冷たい空気が血液に乗って、身体中に巡る。大きく息を吸い込むごとに、頭の中がクリアになっていった。

頭痛は完全には治まらなかったが、少しずつ和《やわ》らいでいく。

「七海ちゃん、大丈夫？　約束の時間になっても連絡がなかったから来たけど――」

心配そうな顔で、七海の様子を訊ねる花帆は仕事帰りらしく、休日よりもくっきりしたメイクをしていた。

「助かりました」

あと少し、花帆が来るのが遅かったら、どうなっていたかはわからない。命拾いした。

「それより、いったい何が……」

花帆はベッドの方を見ていた。

本当なら、こんな風に兄の死を知らせるつもりではなかった。ただ刑務所での面会のあと、七海は花帆と話そうと、約束をしていた。結果的に、時間になっても七海が連絡をしなかったため、花帆が来てくれて助かった。

「ごめんなさい……」

「ごめんなさいって、どういう意味？」

七海の肩に花帆の指先が強く食い込む。

「黙っていて……」

花帆が真悟に近づき、身体に触れた。

死後どのくらい経っているかはわからなくても、真悟の身体はもう、二度と温かくなることはないのだと確信するくらいに、変化している。

「何があったの？　どうして、お兄ちゃんが……まさか、七海ちゃんが？」

真悟と連絡がつかないのは、スマホを修理に出しているからと、昨日七海は言った。そう言った時点で、すでに真悟は死んでいたのだから、七海が疑われるのは当然だ。

「花帆さん。説明は必ずします。その前に、一つ聞かせてください」

「お兄ちゃんのことより大事？」

「真悟のことをはっきりさせるためにも知りたいんです。このヒーターに見覚えはありますか？」

「ヒーター？」

こんなときに何を言っているのか、そんな疑問が花帆の顔に浮かんでいたが、七海が「大切なことなんです」と言うと、ヒーターに近づいて確認した。

「見たことないけど」

「他の部屋にもありませんでしたか？」

「ない。このメーカーは私がいたころはなかった。お父さんにこだわりがあって、家電のメーカーはすべて同じだったし」

「あ……確かに」

冷蔵庫も電子レンジも、同じメーカーで統一されている。

「お兄ちゃんがここに一人で住むようになってからは、別のメーカーのものも買っているかもしれないけど、これは相当古いから違うと思う」

花帆の指摘通り、一見して、年季の入ったものだとわかる。

もちろん、誰かからもらったものかもしれないし、中古を購入した可能性もある。

だが、そうであったとしても、二度、この部屋で一酸化炭素中毒が起こるなどあり得ることではない。

どの段階で計画していたのかはわからないが、これは真悟が最後の夜に使っていた物と同じはずだ。違う物だと七海に思わせるために、わざわざ移動までさせたのだ。このヒーターなら使っても安全と。

これは二度目の事故。いや事件だ。そして、その犯人の足音が、階段の方から一歩一歩近づいてきていた。

「どうかした？」

室内に顔を見せた光輝に、七海はしらじらしい、と罵《ののし》りたかった。だけど七海にはその資格はない。

表情にこそ表さないが、光輝は全開の窓を見て状況を把握《はあく》しているに違いない。

ただ不思議なことに、光輝は落ち込むような素振りも、悔《くや》しがる様子も見せない。ひょうひょうとしていた。

「殺したいほど、憎かったんですか？」

「何それ」

「このヒーター、光輝さんが持ち込んだものですよね？」

光輝の視線が花帆に向く。

隠しきれないと思ったのか、「そうだよ」と、光輝は悪びれもせずに言った。

「あの日、七海さんが出勤したあと、真悟から連絡があったんだ。寝室のエアコンが壊れたから、使っていないヒーターがあったら貸してくれって。で、家にあった古いヒーターを持ってきた。俺だって、最初は殺すつもりなんてなかった」

「どうし……真悟が、過去のことを調べ始めたから？」

「そうだよ。そもそも、五年前にカタがついた話なんだ。それを真悟が蒸《む》し返すから、ヒーターが不完全燃焼をするように細工《さいく》したんだ。でも、最初から計画していたわけじゃないよ。ま、記者のときもそうだったけど。運が悪かったってヤツかな」

「――運が悪かった？　命が消えたのが、運の問題なんですか？」

だとすれば、七海の妹も運が悪かっただけ、とでも言うつもりだろうか。

だがそれは違う。

舐めたのがあのハチミツでなければ、美琴は今でも生きているはずだ。

「ちょっと待って！　そんなことより、お兄ちゃんがどうして、こんなことになっているの……！　しかも不完全燃焼って……一酸化炭素中毒ってこと？　いつ？」

花帆の叫び声が、部屋中に響いた。

「金曜日の朝、私が仕事から帰ってきたら、もう……」

その日、七海と花帆は、駅で顔を合わせている。あのときはまだ、七海もこんなことになっているとは知らずに話していた。

「じゃあ七海ちゃんは、昨日会ったときは嘘をついていたの？」

混乱している花帆は、七海を責める。そして、どんなに責められても、七海に反論する余地などなかった。

「ごめんなさい」

「謝らなくていいから、ちゃんと全部話して！」

全部説明するには、どこから話せばいいのか。たった四日間のことなのに、始まりは五年前からになる。

「私は、知りたかったんです。妹が死んだ理由を」

「で、七海さんはそのために、真悟が死んだとわかっていながら、婚姻届を出したんだって。あり得ないよね」

光輝は茶化《ちゃか》すように言った。

花帆の口から「えっ」と、驚きの声が漏れる。

「七海ちゃん、それって……」

花帆は気味の悪いものを見るような目を七海に向けていた。

「だって、真悟が亡くなった以上、そうするしかなかったから。妹が亡くなることになったハチミツの件なんて、今さら誰も話してくれないから！」

光輝はダルそうにしながら、イスに深く腰を掛けた。

「七海さんはずいぶんそれにこだわるけど、真悟が結果を焦って、正当な手順を踏《ふ》まずに輸入したんでしょ？　それがなければ、記者に追われることもなかったし、事故も起こらなかったんだよ。よく考えると、真悟がすべての元凶だ」

どこまでも、他人のせいにする光輝に、七海はイラついた。

「確かに、真悟が手順を省《はぶ》いてしまったことが原因です。でも、問題はそれだけではありません」

光輝が目を細める。

七海はカバンの中からA4の紙を出して、光輝に渡した。英文のメールをプリントアウトしたものだ。

「何？」

そう言いながらも、光輝の目が左から右へと動いている。書かれている内容に思い当たったのか、「なんで」とつぶやいた。

「これは五年前のメールです。光輝さんが訳しましたよね？」

「どうかな。いろいろ訳しているから、よく覚えていない」

素直に認めるわけがないと思っていた七海は、もう一枚別の紙を光輝に渡す。

光輝の顔色がサッと変わった。

「真悟は、ずっと疑問だったんだと思います。なぜ、ハチミツの異物混入に気づけなかったのかということが」

「それは、正規の手順をすっ飛ばしたからだよ」

「それはそうです。でもそれ以前に、先方のメールに不審な点があったことに気づけなかったのが最大の理由です」

光輝は七海から渡された、英文が印字されている紙を見つめたまま、顔を上げようとしなかった。

「真悟は五年前のメールを、専門の人に訳してもらうように頼んでいました」

「嘘だ」

「本当です」

「そんなものはなかったはずだ」

それまで黙っていた花帆が「なかったはず？」と口をはさんだ。

まったく状況が呑《の》み込めない花帆にとっては、意味不明だろうが、昨日、光輝と一緒にいた七海には、今の言葉ですべてがつながった。

「やっぱり、メールを削除したんですね」

光輝が顔を上げた。その指摘はされないと思っていたのか、不安が表情に表れていた。

「昨日、パソコンを一人で使っていた時間がありましたよね」

光輝にパソコンを任せて、七海が真悟の部屋へ行ったときのことだ。ログインできたからと呼ばれて行ったが、実際のところ、光輝がいつから、メールの確認をしていたのかはわからない。

七海が行く前に、メールを読んでいたとしたら。そして問題のメールを見つけていたら。

「調べたら、ハチミツに関するメールは、まったくと言っていいほどなかったんです。このメールは、今朝届いていました」

七海が朝、家を出る前にパソコンを確認したときのことだ。

「私は翻訳ソフトを頼るしかありません。それは真悟も同じだったかもしれません。ただ、重要な書類は、光輝さんがすべて訳していたんですよね？」

返事はなかった。だが光輝は否定もしなかった。

「真悟がどうして、今さらハチミツのことに関して、疑問を抱いたのかはわかりませんが、何か腑《ふ》に落ちないことがあって、調べ始めたことは確かです」

その結果、最近になって取り扱った店などに聞き込みをしていた。

そしてもう一つ、真悟は動いていた。メールを再度訳してもらうことだ。光輝以外の人に。

紙には、英語と日本語の両方が印字されている。過去に誤訳された文章については、すでに光輝が削除して見ることはできないが、真悟はそれをコピーして、訳者のところへ送っていたため、残っていた。

訳の依頼をしたのは、死亡した日の昼だったことは、相手からのメールの返信内容でわかった。

「光輝さんは、真悟が翻訳の依頼をしたメールには気づかなかったんですか？」

「そんなものはなかった」

「じゃあ、送信したあとに、真悟が削除していたんですね」

もしくは、七海たちがすぐには気づけないような場所に保存しておいたかのどちらかだろう。光輝に見つかることを恐れていたのかもしれない。

「もしかして、真悟のスマホの仕事用のメールも、光輝さんが削除したんですか？」

「スマホには触ってない」

「だったら、どうして！」

「そんなことは知らない」

光輝が嘘をついているのかと思ったが、この件だけ認めないのもおかしい。それに光輝は、スマホのことなどまったく気にしていなかった。

「真悟は俺を疑っていたってことか？」

少なくとも、仕事のことに関しては、何らかの疑念を抱いていたことは間違いない。

「だとしたら、どうして普通に連絡してきていたんだ？　七海さんに会わせたいとか、旨《うま》い店を見つけたから、一緒に行こうとか。それこそ、ヒーターを貸してくれとか」

「友人と思っていたからじゃないですか？」

「そんなわけ……」

「そう思うのは、自分は真悟を殺そうとしたから、信じられないんじゃないですか？」

諦《あきら》めたのか、光輝は小さく頭を振って息をついた。

光輝に言わせると、死体を放置して婚姻届を出した七海は、当然警察に調べられる。そしてその原因として、真悟の死に対しても、七海が殺したのではないかと警察は疑念を抱くだろう。

「七海さんがすぐに警察に届けていれば、こんなことにはならなかったのに」

光輝としては、真悟の事故死にしたかった。だが時間が経つにつれて、ややこしいことになっていく。だから、最終的に七海も罪の意識から、死を選んだように見せかけたかったという。七海自身が疑われる行動をしているだけに、光輝は逃げ切れると思っていたようだ。

「まさか、ホームで背中を押したのも……」

「隣にいた人に助けられたね」

七海を殺そうとしたにもかかわらず、悪びれる様子もない光輝に、怒りよりも恐怖を感じた。

「俺だって、大学のときに一年留学しただけなんだ。そりゃ、ある程度は話せるようになったけど、決してネイティブのようにはいかない。訳だって自信がない場所もあったんだ」

光輝が肩を落とした。

「それを、真悟に伝えましたか？」

「言えるわけないだろ！」

「どうして？」

「俺が唯一、真悟に勝っていたことだ。この会社から弾《はじ》かれた俺に、真悟は頼ってきたんだよ。これは俺にとって、大切なことなんだ！」

でも七海にとっては「それだけ」だ。そんなくだらないプライドで、七海の大切な妹は命を落とした。

そして真悟も――。

「真悟が調べなおさなければ、俺だって何もしなかった。まったく、どうしてこんな余計なことを……」

ひどく身勝手なことをつぶやいた光輝に、花帆が口を開いた。

「七海ちゃんと結婚したいと思ったから」

「え？」

花帆が真悟の手を握る。握り返すことのない真悟の腕が花帆とつながっていると、そこだけわずかながら血が通っているように見えた。

「私も詳しいことはわからない。ただ、七海ちゃんと付き合い始めたころ、ちょっと引っかかることを言っていたの。そのときは、特に気にしていなかったんだけど、今にして思うと、そうだったのかなって……」

「なんて言っていたんですか？」

「いつか七海に許してもらえるかなって。喧嘩《けんか》でもした？って私は訊いたんだけど否定してた。でも恋人と喧嘩したことなんて、妹に言いたくなくて、誤魔化《ごまか》しているだけだろうって思って。ただそのわりには、深刻そうな感じもしたから……」

そこまで言うと、花帆が真悟の手を握ったまま泣き始めた。切れ切れに「あのとき、もっと聞けばよかった」と叫んだ。

花帆が自分を責めるのは違う。だけど、あとから「あのときああしていれば」「もっと、こうしていれば」と思う気持ちは、七海にも理解できる。

七海も妹を失ってから、ずっとその思いを抱えていたから。そして今、真悟に対しても同じ思いを抱いていた。だから今こうして――。

「お兄ちゃんは、どうして七海ちゃんと、つながりがあることを知ったのかな」

「それは……」

こればかりは、今さら確かめようがない。ただ想像はできた。

ハチミツのことを調べ始めた真悟が、購入者をすべてあたったと言うなら、以前に会えなかった人のところへ行っただろう。そして、そこで知ってしまったはずだ。その中に、ハチミツが原因で死んでしまったと思われる人がいることを。

ただし、七海の家はすでに引っ越していて、連絡先はわからない。つかんだ情報は「あの家の赤ちゃんが、ハチミツのせいで死んだ」ということと、家族の名前。

知り合ったころ、七海は歳《とし》の離れた妹が亡くなっているということは、教えた記憶はある。その時点で七海は、真悟と妹の死を結び付けてはいなかったが、真悟のほうはそうではなかった。

そのときから真悟は調べ始め、異物混入に気づけなかったのは、光輝の誤訳のせいだと確信したはずだ。

ただ、真悟が手順を踏んでいたら、問題は起こらずに済んだ可能性もある。そのことにも気づいていないわけがない。

それでも七海にプロポーズをしたのは、罪滅ぼしの意味もあったのだろうか。それとも、純粋に好きだと思ってくれていたのだろうか。

今となっては、確かめようがなかった。わかっているのは、「殺されるかも」というのは、光輝ではなく、七海に対して言っていたということだけだ。

だとすると、スマホのメールは真悟が消していたことになる。パソコンと違い、スマホは七海が見ようと思えばすぐに見られたからだ。

真悟がこの事実を七海に伝えるつもりだったのか、隠すつもりだったのかはわからない。

ただ、事実が明らかになるまでは、黙っているつもりだったことは想像できた。

花帆が腕をさすりながら、「警察、呼ぶね」とスマホを出す。だが花帆はジッとしたまま動かなかった。

「花帆さん？」

花帆は涙を拭《ぬぐ》いながら七海の方を向いた。

「私にはまだ、何が何だかわからないけど……七海ちゃんが……お兄ちゃんと結婚したのは……復讐《ふくしゅう》のためだったの？」

泣きながら話す花帆は、苦しそうに呼吸をしている。七海も多くの感情が入り混じって、冷静ではいられなかった。

それでも、自分の気持ちはわかっている。

「ううん。知りたかったんです」

「何を？」

「真悟の全部です」

意外だったのか、花帆が驚きの表情を浮かべた。

だけどこれは嘘ではない。いや、七海の心は最初から変わっていなかった。

「結婚したら、長い時間一緒に――死ぬまで一緒にいれば、たくさん知ることができるから。好きなドレッシングの種類とか、ワインの銘柄とか、靴下《くつした》をどっちの足から履《は》くのかとか、記念日はいつまで続けるのかとか、二日酔いするほど飲むのかとか……」

花帆の顔が「そんなこと？」と言っている。

わかっている。そんなこと、だ。でも七海は知りたかった。

「好きな人のことですから。だから、結婚したいと思ったし、結婚したんです……一緒にいたかったんです」

正しいことをしたとは思っていない。

だけどこの結婚が、間違っているとも、七海は思っていなかった。

エピローグ

いくつか季節が廻《めぐ》り、再び吐く息が白くなったころ、七海《ななみ》は電車の窓から変化の少ない景色を眺《なが》めていた。

「今日に限って、こんなに寒くなるなんて」

すでに二時間半ほど電車に乗っている。時間つぶしにと持ってきた本は読み終えてしまい、古くなったスマホのバッテリーは心もとない。あと一時間半は乗るこの電車で七海ができることは、ただぼんやりと、代わり映《ば》えのしない風景を眺めることくらいしかなかった。

太陽は拝《おが》めそうもないほど、空は厚い雲に覆《おお》われている。予報では、午後から雪になるとのことだから、寒さはいっそう厳しくなるはずだ。しかも明日《あす》から二、三日、大雪警報が出ている。帰路も確実に電車が動くかという不安が、七海の中に付きまとっていた。

寒さをありがたく思ったことは、二十八年の人生の中で一度しかない。正確に言えば、たった四日間だ。

「あのときは寒くていいというか、寒いほうがありがたかったというか……」

たった四日間の結婚生活。もちろん勝手に出した婚姻届《こんいん》は無効だ。でも七海は今でも結婚生活だったと思っていた。

あの日……、七海の結婚生活が終わった日、花帆《かほ》が通報してすぐに、警察はやってきた。緊張感がありながらも静かな四日間とは対照的に、それからしばらくは、激流の中に放《ほう》り込まれたように慌ただしく、騒々しい時間を過ごした。

死亡しているとわかっている相手との婚姻届を提出したことについて罪に問われたが、遺体を放置したことに関しては、咎《とが》められなかった。執行猶予《しっこうゆうよ》がついて、刑務所へ行かずにすんだことは、覚悟をしていたとはいえ、やはりホッとしていた。

花帆はその結果が出たとき、七海を抱きしめてくれた。そんな風にされるとは思っていなかったから、やはり嬉《うれ》しかった。

そして光輝《こうき》は、過去の罪も含めて、裁判が開始された。今のところ、光輝はすべての罪を認めている。

態度を変えたのは、警察を待っている間に、七海が手紙を渡したからだろう。七海はマットレスの下にあった刑務所からの手紙の他に、別の手紙を見つけていた。宛名《あてな》は書いていなかったが、明らかに光輝に向けた内容だった。

その中には、もしも自分に何かあったら、七海と花帆の力になって欲しいということ。そして、今まで助けてくれてありがとうということが、簡潔に書かれていた。

どこか遺書めいた内容ではあったが、そうでないとわかるのは、結婚生活の決意を、いくつもしていたからだ。だから純粋に、「もしも」という手紙なのだろうと、七海は思っている。

花帆は光輝のことは許せないと言いつつ、けれど、複雑そうな様子も見せていた。

「私からは、二人は結構仲よさそうに見えていたんだよね。だから光輝さんが、お兄ちゃんを憎んでいたなんて、思いもしなかった」

光輝の父親が生きていたら、二人の関係性も違った形になったのかもしれない。ただ、少しずつずれてしまった道はいつしか迷路に入り、出口を見失ってしまった。

今さら美琴《みこと》の死の真相を明らかにするのは難しい。でも、もういい。そう思えたのも、真悟《しんご》が七海のことを考えてくれていたことを知ったのが、大きかったからだ。

銀世界を走り抜けていた電車が車窓の景色を変えていく。終点に近づくと、線路脇《わき》には住宅が並び、やがて少し背の高いビルも見えてきた。音は聞こえなくても、人々の賑《にぎ》わいが伝わってくるようだった。

道内ではあるが、七海は初めて訪れる場所だ。

電車はゆっくりと駅に入り、七海はホームに降り立った。

暖かな車内を出ると、身震いがするほど寒い。もっとも、身体《からだ》のあちらこちらに力が入るのは、寒さのせいではない。

緊張に震えながら、七海は改札口を抜けて駅の外に立った。

見知らぬ街に、見知った顔がいた。

「七海！」

六年間会っていなかった母親だった。

ここへ来るまで、どんな顔をして会えばよいのかわからなかったが、七海は自然と笑顔になった。

「お久しぶりです」

「いやあねえ、なんで他人行儀《ぎょうぎ》なのよ」

母親は六年前より少し老《ふ》けていたが、七海の良く知る笑顔を見せた。最後に見たときよりも細くなった腕で、七海のキャリーケースを持とうとした。

「自分で持つよ」

「俺《おれ》が運んでおく」

横から義父の手が現れ、キャリーケースの取っ手をつかんでいた。

「車、あっちに置いてきたから、二人でゆっくりおいで」

気まずさから、目が見られない。だけど耳に届く声は優しい。

七海が俯《うつむ》いたまま「ありがとう」と言うと「ん」と、短い返事が聞こえた。キャスターが転がる音が遠ざかっていった。

「七海、お腹《なか》は減ってない？　電車の中で何か食べた？」

「お母さん……私もう、二十八だよ？　ご飯くらい自分で食べられるから」

あら、と笑ったかと思うと「それもそうね」と言った。

「何歳になっても、子どもは心配なのよ。特に七海は、無茶をする子だから」

何を言われているのか、自覚のある七海は「申し訳ありません」と、頭を下げるしかなかった。

「本当に、無茶しすぎ。後先考えずに動くから」

「考えたんだよ……五年間」

駅の中は賑やかで、囁《ささや》くような七海の声はかき消されてしまう。

だけど、母親にはしっかり届いたようだった。

気まずいというよりは、痛いといった表情を浮かべたまま黙っている。

こんな顔をさせたいわけではなかったのに、と思う七海は、数えきれないほどした反省《はんせい》を、改めてした。

「本当に、ごめんなさい」

どう詫《わ》びても詫びきれないが、それでも今回は、すべてを報告するために来たつもりだ。

「いつまでいられるの？」

「帰りの電車に乗れれば、今日帰るつもり」

「十八時以降は運休するって、さっきアナウンスが出てたわよ」

「え、そうなの？　だったらどこかに泊まる。ネットを見たら、駅前のビジネスホテルも、まだ余裕があるみたいだし」

冬は計画通りに動けないことを見越して、宿泊の用意はしてきた。

「はあ？　何言ってんの。もったいないでしょ。うちに泊まりなさい」

「でも……」

七海は、義父が歩いていった方をチラリと見た。

「そのつもりで準備してあるし、部屋はあるから」

母親がそのつもりなのはわかるが、義父は嫌だろう。

だが母親は「あの人も、そのつもりだから大丈夫」と言った。

「それに今、無職なんでしょう？　お金あるの？」

他人なら言えないことも、ズバッと切り込んでくるあたりは、さすが実母だ。

「それは……」

あの一件で、七海は病院を解雇《かいこ》された。それから今日まで、単発のアルバイトはしていたものの、貯金を取り崩している。日に日に心細くなっていく残高は現実で、七海も仕事をするつもりはあった。とはいえ執行猶予中の身だ。なかなか次へ踏み出せずにいる。

「いいから今日は泊まりなさい。荷物だってもう、車に積み込んだし、何より――長い話になるかもしれないでしょ」

確かに、玄関先で終わるような話ではない。七海は母親の提案を受け入れ、一緒に義父の待つ車の方へと歩いていった。

駅から車で三十分ほど走ると、両親が住む家に着いた。一軒家で庭も広く、車も三台は余裕で置けそうだ。夫婦二人では、持て余す広さだろう。

「この辺だと、一軒家でも安いのよ」

都会の密集具合から考えると、想像できないくらい家と家の間が広い。普段の生活と比べると、自由に呼吸ができるような気がした。

車の中ではほとんど母親が一人で話していたが、居間に入ってテーブルを囲むと、義父が最初に口を開いた。

「手紙は読んだが、七海さんの口から、直接説明して欲しい」

「はい、今日はそのつもりで来ました」

事件のことは、すでに手紙で説明している。だが、妹の美琴のことについては、上手《うま》く文章にまとめられず、簡単にしか触れられなかった。

だから七海は、真悟との出会いから、あの四日間のことを事細かに話した。

その間、義父は眉間《みけん》にシワを寄せ、母は怒りをにじませながらも、どこか困ったような顔をしていた。

だが話が美琴のことになると、二人は異物を飲み込んだように、痛みと苦しみの表情を浮かべた。

ここへ来る前、順序だてて話せるように、七海は何度も頭の中でシミュレーションをしてきた。できる限り感情を押し殺し、手にしている事実はすべて伝えた。

「ごめんなさい。どんな事実があろうとも、結局は私があのとき、もっと美琴を見ていれば、こんなことにはならなかったことには変わりありません。本当にごめんなさい」

何十回、何百回謝っても、許されないことはわかっている。それでも七海は、謝ることしかできなかった。

頭を床につけて、何度も「ごめんなさい」と言った。泣きたかったけれど、親の前で七海が泣くのは違うと思い、必死にこらえた。

「もういい」

顔を上げると、義父は涙を流しながら「事故だったんだ」と言った。

「事故……」

「そうだ。悲しいけれど、どうにもできないことはある」

「でも！」

「もちろん、だからといって、何もかも納得できるわけじゃない。でもそれも含めて、事故だった……と、今は思っている」

納得なんて、永遠にできるわけがない。それでも、そうせざるを得ないのだと、義父は自分に言い聞かせているようでもあった。

洟《はな》を啜《すす》った母親が、「それで」と言い、涙でぐちゃぐちゃになった顔を、ティッシュで拭《ふ》いていた。

「七海はこれからどうするの？」

「働くよ。ただもうしばらくは……」

有罪判決を受けたことで、七海はあと約半年ほど、看護師としての業務停止の罰《ばつ》を受けている。もちろん、それ以降も雇《やと》ってくれるところがあるかはわからない。もう一度東京へ……そんなことも考えていた。

「とりあえず、こっちに引っ越して来なさい。家賃《やちん》だって大変でしょう？　春になれば、畑仕事のバイトとかならあると思うし」

「でも……」

「それで、やっぱり元の仕事がしたいとなったら、ここから車で一時間ほどかかるけど、知り合いの医院で働くってこともできるから」

「でもそれは、お母さんが決められることじゃないでしょ」

「もう聞いてあるわ。経験者が欲しいって」

「でも……」

「もう、でもでも、うるさいわね。事情は承知のうえで、欲しいって言ってくれてるの。もちろん、七海が別のところへ行って仕事をしたいと言うなら、好きにすればいい。だけどもし、どこに行くか悩んでいるなら、そういう選択肢《せんたくし》もあるってことを知っておいて欲しいの」
優しさが痛かった。だけどそれ以上に、やっぱり嬉しかった。
七海はもう、涙をこらえることはできなかった。

本書はハルキ文庫の書き下ろし作品です。

Haruki Bunko
ハルキ文庫

さ 25-2

私《わたし》、死体《したい》と結婚《けっこん》します

著者 桜井美奈《さくらいみな》

2024年3月18日第一刷発行

発行者 角川春樹

発行所 株式会社角川春樹事務所
〒102-0074 東京都千代田区九段南2-1-30 イタリア文化会館

電話 03(3263)5247(編集)
03(3263)5881(営業)

印刷・製本 中央精版印刷株式会社

フォーマット・デザイン 芦澤泰偉
表紙イラストレーション 門坂 流

ISBN978-4-7584-4628-0 C0193 ©2024 Sakurai Mina Printed in Japan
http://www.kadokawaharuki.co.jp/[営業]
fanmail@kadokawaharuki.co.jp[編集] ご意見・ご感想をお寄せください。

桜井美奈の本

居酒屋すずめ

迷い鳥たちの学校

昼間の居酒屋を利用して開かれるフリースクール『すずめの学校』。「居酒屋すずめ」で開校中のそこに通うのは、不登校の中学生や学び直したい老女、挫折したフィギュアスケーターや引きこもりのニートなど様々。居酒屋の経営安定のためと始めたオーナー兼教師の鈴村明也だったが、彼自身もまた、生徒と交わるうちに学び、気付き……。夜は居酒屋、昼は学校の、美味しいご飯と温かな授業。一歩踏み出す勇気をくれる優しさあふれる物語。